【陆晨昱 著】

寿道问心

见天地·见众生·见自己

吉林文史出版社

图书在版编目（CIP）数据

寻道问心 / 陆晨昱著 . — 长春 : 吉林文史出版社，
2019.6

ISBN 978-7-5472-6249-8

Ⅰ . ①寻… Ⅱ . ①陆… Ⅲ . ①散文集 – 中国 – 当代
Ⅳ . ① I267

中国版本图书馆 CIP 数据核字（2019）第 117721 号

寻道问心
XUNDAO WENXIN

著　　者 / 陆晨昱
策划编辑 / 刘亚玲
责任编辑 / 王明智
封面设计 / 黄振华
出版发行 / 吉林文史出版社
地　　址 / 长春市福祉大路出版集团 A 座　　　邮　　编 / 130118
网　　址 / www.jlws.com.cn
电　　话 / 0431–81629375
印　　刷 / 天津雅泽印刷有限公司
开　　本 / 880mm×1230mm　　　　　　　32 开
字　　数 / 118 千
印　　张 / 6.25
版　　次 / 2019 年 6 月第 1 版　　　2019 年 6 月第 1 次印刷
书　　号 / ISBN 978-7-5472-6249-8
定　　价 / 38.00 元

序

　　我习惯于把诸事归于缘分，我和本书作者陆晨昱相识于一次去美国的考察团。在考察的闲余，我无意中提及，我在"华夏儿童网"旗下的社区教室做志愿者，带儿子和一帮十来岁的小孩子诵读"四书五经"，也推荐他带着孩子加入。没想到，他就此陷入了"泥潭"。今年朋友聚会时，他给我看了他写的《寻道问心》，并约我作序，吃惊之余，不得不感叹他的悟性，钦佩他的毅力。

　　没有教授学者们的深沉玄虚，没有商业化的挑撩造作，晨昱顺从一个普通人的心智、角度和立场谈感悟，感觉更接地气，更能让人感同身受。"小隐隐于林，大隐隐于市"，晨昱能在生活的喧闹和工作的压力之间寻觅到"道"的宁静，何尝不具有大隐的风范呢？

　　我为晨昱的作品写序，其实是在诚惶诚恐中执笔的。他说我是他的"引路人"，那是着实不敢当的，反倒是他的心得，使我豁然开朗，感觉给了我很多启发和新的思路，让我去重新认识和理解这几部旷世经典。没想到之前的无意之为，竟促成了《寻道问心》这部作品的问世！其实给人指个方向，让他试着走走看，如果正巧是他想走的路，那么还有什么能比这个让人更感欣慰的呢？

感谢晨昱用自己的努力，给大家送上了这样一份特殊和难得的礼物。身为中国人，应该庆幸与这些经典结缘，不要轻易放弃和忽视这种缘分，试想如果有更多的中国人能用心去体会老祖宗留下的这些经典，并从中吸取中国文化的精髓，中华民族的复兴之日还会远吗？

我期待晨昱笔耕不辍，不断有新作出炉，届时肯定将有更深刻的思考与读者分享。同时，我也希望这本心得，能为广大读者指一条路，这条路也许可以让你别开生面，重新理解天地、众生和自己！

鞠菲

2018 年 12 月

前　　言

　　为什么想写这样一本书？说起来有些话长，如果让我用最精练的语言来概括，那就是"独乐乐，与人乐乐，孰乐"？如果还能再多说几句，那就是我想用自己的微薄之力，为家人和朋友们留下一份精神层面的礼物。在这个信息大爆炸的时代，我们常常觉得脑容量不够，能力不足。面对花花世界和各种纷繁复杂的矛盾，我们应该如何选择和处理？如何克服精神的无力和空虚，在艰难的选择中懂得取舍，找到人生前进的方向？如何调整情绪，控制欲望，摆脱孤独，寻找真实的自己？答案就在这些中国古典先贤的著作里。为此，我选择了三部中国古典哲学的经典作品《道德经》《论语》和《阳明心学》，来谈谈自己的感悟。为什么选择这三部经典，用一句话来概括：读《道德经》见天地，读《论语》见众生，读《阳明心学》见自己。

　　说到底，人活着是需要有点儿精神的，尤其是人到中年，越发觉得时间太宝贵，生命有长短。庄子说"吾生也有涯，而知也无涯；以有涯随无涯，殆已"。中国古籍经典浩如烟海，要想都学通是很难的，但作为中国人，如果对中国传统文化一点儿也不了解，那也是说不过去的。就像老外觉得每个中国人都懂功夫一样，这是一个民族的标签。我们从哪里来，要到哪里去，我们与其他肤色的人种有什么不同？除了人类种群的基因有差别，文化基因的差异也是非常重要的。五四运动后，新文化运动兴起，对中国传统文化的传播造成了一定的冲击。中华人民共和国成立之后，为了提高全民的文化水平，国家推广简化字，在国民素质整体大幅度提高的同时，我们对于传统文化的亲近感也越来越淡薄了。说实话，我现在看古文的感觉，犹如喝绍兴黄酒，越喝越有，越喝越上头，有时候不知道是自己醉了，还是写书的人醉了，那种雾里看花、挑灯夜行的感觉常有，为了解决心中的疑问和不解，书是越买越多。直到有一天，听到专家讲解，我才顿悟，这种醍醐灌顶的感觉很爽，心中的"大雾"瞬间消失殆尽。

学习是要有方法的，掌握了这样的方法，我们才能打开书中的宝库，开启那个尘封已久的时光大门，从而发现历史的真相。孟子说："尽信书，不如无书。"我们亲眼所见的，不一定都是真的。书是人写的，人是复杂的，人是主观的，人是有情绪的，正因为这样，书也变得复杂、变得主观、变得有情绪。所以在读书的时候，我们不能放弃自己精神的独立，没有精神的独立，没有辩证的思维，那就读不好书。

当下，我常常思索，什么样的思想，通过什么样的方式传播，才能"入脑入心"？我们的精神家园在哪里？我们的灵魂如何找到寄托？有人说，这是信仰问题。不错，信仰需要的是力量，力量从哪里来？古希腊神话中有个大力士叫安泰俄斯，只要他的双脚不离开大地，他就不可战胜。作为中国人，如果不了解传统文化，那就会失去这种强大的精神力量。我们的民族屹立世界五千多年而不倒，是四大文明古国中文明承袭下来的国家，这就是文化的力量。将古代先贤们闪光的思想大声讲出来，让更多的人知道，这是我的初心。我在"喜马拉雅FM"上开了课，关注者数万，这也是传统文化的魅力和价值，是我不断努力下去的原动力。

我不是大师，也不奢望坐在高高的太师椅上，头戴光环，让众人景仰。我希望能站在巨人的肩膀上和朋友们一起来阅读经典，感悟经典，"见天地、见众生、见自己"，开阔心胸、融于社会、发现自我，欣赏属于自己的独特风景。

2018 年 12 月于上海

目录

第一部分　读《道德经》见天地

寻
道
问
心

第二部分　读《论语》见众生

第三部分　读《阳明心学》见自己

寻道问心

第一部分

读《道德经》见天地

序篇 关于《道德经》的四个问题

各位朋友，当你阅读这一章的时候，我们就以文字为媒介，开始了心与心的交流。首先，我们要一起聊聊《道德经》。《道德经》被专家学者称为"万经之王"，是国学经典中的经典。《道德经》内包含着人生大道，对于怎样成为出色的领导者具有非凡的意义。我们可以毫不夸张地说，读《道德经》犹如见了天地，因为《道德经》不是给普通人写的，需要我们站在俯瞰众生的视角，阅读这部经典。按照中国人的个性和智商，我们喜欢左右逢源、四平八稳、严谨周密的思辨，这样做虽然能立于"不败之地"，但往往因为过于圆滑而没了态度，这不是我们这本书的选择。在正式开始之前，我想提出四个问题，并和大家一起思考。

第一问：《道德经》隐藏着什么样的天机

用现代人的眼光来看，《道德经》并不算长，洋洋洒洒五千言，却蕴藏着中国古代先贤们的超凡智慧。但是，《道德经》也有很多误解和争议，隐藏着一些不为人知的秘密，这些秘密是随着考古工作的不断推进才逐步解开的。其中一个秘密就是——目前我们看到的《道德经》通行本并不是老子的原著，而是在历史的长河中，被人不断抄录、修改和增补的，一些人为的误导和错误甚至从汉代就开始了。《道德经》的版本之多，超乎大家想象，据说到清代就已经有103种之多，至今已有200多种，校订本多达3000多种。在国外，仅英译本就30多种，因此《道德经》也是国外翻译和出版最多的中国著作。

那么这些所谓的误解和争议是怎么产生的呢？我个人总结了一下，主要有以下五个原因：第一是汉语的通假字现象。什么叫通假字呢？就是古人可以用读音相同或者相近的字代替本字，这个现象使后来的阅读者产生了理解上的歧义。第二是避讳现象。古代君王、官员、长辈名字中用过的字，为了表示尊重，文章中不能再使用，如为了避汉高祖刘邦的讳，抄录过程中就特意把"大邦"改成了"大国"。第三是由于印刷术尚未普及，《道德经》的流传主要靠人抄录，结果抄录的人粗心，抄错了，甚至是抄串了，后世自然就错上加错。第四是出于个人喜好，在抄录的过程中，后人对原文进行了增补和修改。第五是挂羊头、卖狗肉，出于政治目的和维护阶级统治，对《道德经》的原意进行了曲解。

那么小伙伴们一定会问："还能不能好好看《道德经》了？"这个答案是肯定的，能！这要感谢我们的考古工作者，是他们的努力，揭开了重重的历史迷雾。1973年马王堆汉墓出土了《道德经》的帛书甲、乙本，可惜甲、乙本都有破损，并非善本，但这一考古发现，给老子的研究带来了前所未有的光明。1993年10月18日在湖北省荆门市，考古工作者对郭店一号墓进行了抢救性清理挖掘，发现竹简804枚，其中包含老子的《道德经》，共有甲、乙、丙三个不同的版本，这些版本的道德经与通行本有很大不同，但残缺较多。由于楚简本和帛书甲本的年代比较接近老子生存的年代，学者们认为更接近《道德经》的原貌，通过这次考古和文献研究，专家们发现《道德经》实际上应该称为《德道经》，《德经》在前，《道经》在后，是后人对原著进行了重新编排，才形成了现在的《道德经》。

第二问：《道德经》的作者是老子吗

"《道德经》的作者是老子吗？"大家的第一反应，一定是"那还用问吗？《道德经》的作者当然是老子了。老子的真名叫李耳，字伯阳，春秋末期人，曾做过周代的国家守藏室史，相当于今天国家图书馆的馆长，后来，老子西出函谷关，在镇守长官尹喜的请求下，留下了 5000 多字的《道德经》"。

　　以上这些内容，是我们课本上的常识，但事实上，这些对老子的描述是断章取义的，这些信息主要出自司马迁的《史记·老庄申韩列传》，但是《史记》当中记载了三个老子，一个叫李耳，还有一个叫老莱子，最后一个是太史儋，除了李耳外，老莱子也传道，而且和孔子处于同一时代，曾著书立说十五篇。而周太史儋是战国晚期人，也掌管图书和历史档案，曾协助秦献公称霸天下，并且有多种古籍记录他曾经西出函谷关。至于这三位老子究竟是哪一位写了《道德经》，由于相隔已有数百年，司马迁也无法 100% 确认，只不过他更倾向于老子就是李耳，所以司马迁在文中感叹"老子，隐君子也"。此外，《史记》中还记载了老子的年龄，其说法也是模棱两可的，司马迁说老子可能活了 160 多岁，也可能 200 岁，因为其修道所以长寿。

　　由此，我们可以得出这样一个推断，那就是《道德经》的作者不求功名，只为传道，为了避免世人的打扰，隐藏了身份，没有留下真实姓名。在一个诸侯纷争的乱世，在造纸术和印刷术还没发明的时代，写出《道德经》并流传于上流社会和贵族世家，说明作者具有很高的政治地位和经济实力。另外，我们可以推测《道德经》的内容是被传道的后人不断增补和完善的，并非一日之功。

　　那么这个观点有什么依据吗？我们从出土的楚简本和帛书甲、乙本的情况来看，楚简本比通行本少了三千多字，很多内容没有，还有一些内容不同。帛书甲本为秦代抄本，是卷在木棍上的，破损较为严重。帛书乙本为汉初抄本，是折叠起来埋葬的，边缘有损坏。由于帛书甲、乙本抄录于不同的年代，通过相互印证和补充，还是发现两个版本之间存在不少差异。至于我们今天看到的绝大多数版本，基本采纳的是王弼的注解本，由于后世儒家思想占据了中国社会的主流，《道德经》在注解的过程中也不可避免地受到儒家思想的影响，后人对《道德经》的一些删减修改也造成了老子攻击儒家的假象，大家对《道德经》中的一些文字有所误解也就并不奇怪了。

第三问：《道德经》是为谁而写的呢

不知道大家是否想过这个问题——《道德经》是为谁而写的呢？或者说《道德经》的受众究竟是谁？

在初读《道德经》的时候，我始终被这个问题所困扰，因为这个问题不搞清楚，我们就无法了解作者的真实目的，《道德经》文中所呈现出的一些观点和看法就显得匪夷所思，让人难以接受。就好比我们把营养价值很高的"粗粮"当作饲料，把包装精美的"狗粮"当作自己的零食，这显然是不合适的，因为我们把对象搞错了，形成了一种"错配"，误解也就在所难免。因此，弄清楚《道德经》的受众是非常关键的，把这个问题搞清楚了，全篇就上下贯通，豁然开朗，至于哪个版本的注解最接近老子思想的原貌，也就不言自明了。

　　《道德经》究竟是写给谁看的呢？一些学者对这个问题做出了较为明确的回答。他们认为《道德经》这本书，历史上称为"君王南面之术"，是教帝王怎么治理国家的，是帝王的统治之术。汉代以及后世的帝王往往都尊崇《道德经》，历史上有多位皇帝亲自注解《道德经》。其中，唐玄宗将老子奉为玄元皇帝，在《命两京诸路各置玄元皇帝庙诏》中有这样的记载："我烈祖玄元皇帝，秉大圣之德，蕴至道之尊，著五千文，用矫时弊，可以理国家。"清朝的顺治皇帝也相信《道德经》是给天子写的书，一般人没有这个地位，所以无法体悟其中的要妙。他曾经评价说："《老子》五千言，上可以通于妙，下可以通于徼。以之求道则道得，以之治国则国治，以之修身则身安。"当然，也有部分学者认为把《道德经》简单地理解为"君王南面之术"是低估了这部巨著的思想文化价值。但从"小白"或者"菜鸟"的角度来看，要想读懂这部伟大的作品，就要抓住文章的主线，把握主要矛盾，如果面面俱到，反而容易舍本逐末，不知所云。历史上有人把《道德经》说成是"养生书"，还有人说是"修仙书"，甚至有人认为《道德经》是一部"兵书"，这些观点都是因为没有理解老子原意，犯了以偏概全的错误，或者根本就是"挂羊头卖狗肉"，用老子的"瓶"，装自己的"酒"。我个人认为《道德经》蕴含着治国理政的大智慧，虽然文中也有养生、兵法等内容，但不是全文的核心和主体。所以，《道德经》的受众不是一般的普通百姓，而是领导者。

　　弄清了《道德经》的受众，就掌握了读懂《道德经》的一把"金钥匙"，下面让我们来"小试牛刀"，重点分析一下老子治国之道的核心——无为而治。我们都知道这样一个典故，汉高祖刘邦建国之后，国家百废待兴，天子出行的仪仗队里连四匹一样颜色的马都凑不出，这个典故记录在《史记·平准书》里。后来，汉朝按照黄老学说，实行"无为而治"，让百姓休养生息，减少税费，经济发展很快得到了复苏。读到这个典故，如果不加思考，我们感觉是皇帝什么都不干，国家自己就富足了，事实上这不是"无为而治"的本意。"无为而治"是要求统治者不要妄为，不可强为，不要把自己的意志强加于百姓，不要为自己的私利而为。汉朝哪怕再穷，凑四匹一样颜色的马是肯定没有问题的。不过如果这样做，汉朝的统治者认为会惊扰百姓，这才是"无为而治"的精髓和本来面貌。可惜，后人的一知半解，把"无为而治"用到了普通人身上，似乎什么都不干就能成功，面对生活中的残酷现实，这种观点显然会让大众嗤之以鼻，老子也就成了消极避世的代表。当人们对《道德经》一知半解，甚至是似懂非懂的情况下，就望文生义，张冠李戴，评头论足，乱下评判，是非常不应该的，是无知和浅薄的一种表现。当我们用正确的视角审视这部经典时，我们发现老子是积极的、入世的，而非消极的、避世的。

　　那么学习《道德经》对今天的我们有什么帮助呢？为什么

要说读《道德经》可以见天地呢？因为《道德经》是从"道"的视角来看天下苍生的，这种宽广的胸怀无法用语言表达，如果你想干一番大事业，那就不能不读《道德经》。《道德经》就像是我们历史上最早的商学院EMBA课程。当今社会，我们要想管理好一个单位或部门，都可以从《道德经》中汲取智慧，任何一个管理者，或者希望成为管理者的人，看了《道德经》都会有所收获。

第四问：《道德经》的核心是讲什么的呢

如果你没有时间读完《道德经》的全本，那么可以看看这一章的内容，就算是一个引子吧，希望我能成为夜行路上为你点灯的人。这一章，我主要聊一聊《道德经》的核心思想是什么，对当下有哪些借鉴和启发。

简单来说，《道德经》向芸芸众生展现了一个"道、德、法"的三重管理体系。

那么什么是道呢？道就是规律，《道德经》中讲了两个道，一个是天道，是万事万物的自然法则；另外一个是圣人之道，是圣人修行和管理社会的规律。这两个道又是合二为一的，古人讲究"天人合一"，就是要参照天道，行圣人之道。

那么什么是"德"呢？德是道的外在表现形式，按照德的要求行事往往是符合道的。我们常说，人要遵守道德。例如，我们常常要求孩子，见了长辈要打招呼，别人的东西未经允许不能拿，做了错事要道歉，这些都是德。但是我们很少思考，这些德的背后体现了什么样的道。在注重表象和形式的同时，我们往往忽视了现象背后的本质。

那么什么是法呢？法是具有强制性的行为准则，法是统治阶级意志的表现，如果法不符合道，那就是恶法，恶法不仅不能维护统治阶级的统治，还会加速其灭亡。我们知道秦始皇依照法家思想治国，最终统一天下，建立了秦朝，秦二世胡亥统治期间实行严刑峻法，比秦始皇更加残暴，挥霍无度，结果一场大雨引发了陈胜、吴广领导的农民起义，秦二世只当了三年的皇帝，就被迫自杀。在"道、德、法"的三重管理体系当中，老子提倡以道治国，强调无为而治，要求社会的领导者不为自己的私欲牟利。在这一点上，我感觉老子"以道治国"的理念非常鲜活，因为它少了形式上的说教，让人们多了一层敬畏之心。

也许有人会问，以"道"来管理社会靠谱吗？"道"说得清楚吗？"道"长什么样呢？在两千多年前，老子用他广博的知识、睿智的头脑、独特的视野发现了天地之间存在着一个看不见、摸不着的神秘力量，这个神秘力量主导着世间的万事万物，老子把这种力量命名为"道"。老子帛书本中是这样说的：

有物混成，先天地生。寂呵寥呵，独立而不改，可以为天下母。吾未知其名，字之曰道。吾强为之名曰大。大曰逝，逝曰远，远曰反。道大、天大、地大、王亦大。国中有四大，而王居其一焉。人法地，地法天，天法道，道法自然。

文中特别提到了"王"的作用，"王"就是领导者。在通行版中"王"被改成了"人"，这意思就大打折扣了。老子认为"道"不是鬼神，而是隐藏于万事万物背后的规律。虽然"道"是看不见、摸不着的，但却能感知到它的品性和力量。领导者顺应"道"则国泰民安、繁荣昌盛；背离"道"则灾祸不断、厄运连连，对国家如此，对一个单位和个人也是如此。

那么老子眼中的"道"具有哪些品性和特点呢？我认为主要包括三个方面的内容。

第一，领导者放低姿态，摒弃私欲，不与下属争利就是"道"。老子用水的特性来比喻"道"的特点，他说：

上善若水。水善利万物而不争。居众人之所恶，故几于道矣。居善地，心善渊，予善天，言善信，正善治，事善能，动善时。夫唯不争，故无尤。

老子还说过这样一段非常有哲理的话：

天长，地久。天地之所以能长且久者，以其不自

生也，故能长生。是以圣人退其身而身先，外其身而身

存。不以其无私与？故能成其私。

　　一个没有私欲的领导者，能够得到大多数人的支持，从而
能够有所成就，反之则不然。我们举个例子，春秋战国时期，
秦国和赵国在长平对阵，两个强国进行了一场关乎国运的生死
大战。为了应对秦国的威胁，赵王临时换掉老将廉颇，起用了
老将军赵奢的儿子赵括。赵括的母亲告诉赵王，自己的儿子不
能胜任，会葬送赵军，理由是赵括当了大将军之后，把赵王给
他的奖励全部占为己有，爱听奉承话，爱讲排场，高高在上。
赵王听后，不以为然，坚持自己的意见。结果长平一战，真如
赵母所料，赵军大败，40万赵军被秦军统帅白起坑杀。这场战
役震惊天下！也使得赵国的国运从此走向衰落。那么赵括的母
亲怎么知道儿子一定会战败呢？因为赵括违反了"天道"。统帅
私欲过重，在战场上很容易判断失误，从而被对手抓住机会，
最终一溃千里。
　　第二，领导者虚怀若谷，能包容万物就是"道"。老子用空
虚的山谷、雌性的生殖系统等中空的容器来比喻"道"。他说：

　　　　知其荣，守其辱，为天下谷。为天下谷，常德乃

　　足，复归于朴。朴散则为器，圣人用之，则为官长。

他还说：

> 谷神不死，是谓玄牝。玄牝之门是谓天地之根，绵
> 绵呵，若存。用之不堇。

《史记·廉颇蔺相如列传》中记载了这样一个家喻户晓的故事：春秋战国时期，赵国的蔺相如在渑池大会上，面对秦王的挑衅，维护了国家的尊严，同时又审时度势，使得和氏璧"完璧归赵"，在外交上立下了大功，被赵王封为上卿，位在老将军廉颇之上。廉颇很不服气，多次扬言要当面羞辱蔺相如。蔺相如得知后，尽量回避、容让，不与廉颇发生冲突。蔺相如的门客以为他畏惧廉颇，蔺相如说："我连秦王都不怕，怎么会怕廉颇呢，秦国不敢侵略我们赵国，是因为文有蔺相如，武有廉颇。我对廉将军容忍、退让，是把国家的危难放在前面，把个人的恩怨放在后面啊！"这话最终传到了廉颇的耳朵里，他非常后悔，脱下战袍，背着荆条到蔺相如府上请罪，为后世留下了"将相和"的美谈。

这个故事大家都听得懂，领导者要像山谷一样，对内要善于容纳不同的意见，那么对外呢？对外也一样，著名作家吴晓波写过一本书——《腾讯传》，书中记载了"腾讯"成长历史上经历的一次事件，那是 2010 年腾讯与奇虎 360 之间爆发的一场大战，史称"3Q 大战"，两家公司除了对簿公堂之外，还强制卸

载对方的软件，奇虎 360 甚至通过媒体曝光腾讯偷窥用户隐私，这场大战号称 PC 时代最血腥的"最后一战"。这场大战的主因是腾讯利用它的行业地位和技术优势，在互联网行业攻城略地，结果同行的生存空间被大大压缩，没有了活路。在当前的法治环境下，面对充分的市场竞争，腾讯错了吗？腾讯没错，但它没有遵循"道"的原则，面对竞争者，"斩尽杀绝"，面对生死存亡，哪怕是兔子也要张嘴咬人了。3Q 大战之后，腾讯赢了官司，输了人心。之后，腾讯高层痛定思痛，在投资战略上进行了重大的调整。

在 2011 年之前，腾讯几乎所有的并购都是控股的，通过全资收购把对方变成腾讯的一部分。而到 2011 年以后，腾讯大部分投资是以参股的方式来完成的，从"见神杀神，见佛杀佛"，转变为帮助合作伙伴成长，这一投资战略的变化使得腾讯获得了长足的发展，应该说这种转变之所以能够成功，是因为它符合了"道"的原则。

第三，管理者要保持清醒的头脑，不要把名利地位看得过重，把握好"过犹不及"的度，不好高骛远，追求所谓的"极致"，这就是道。老子认为管理有四重境界，分别是：

> 太上，下知有之。其次，亲而誉之。其次，畏之。
> 其次，侮之。信不足，案有不信，犹呵，其贵言也。

意即按照道的要求行事，把制度隐于无形，这是管理的最高境界。其次是管理者被人赞誉，再次是管理者被人畏惧，最差的管理者是背后被人看不起，为什么会被人看不起呢？因为私心太重。

按照"道"的要求行事，还要求我们在管理目标的设定上，不能定位太高，脱离实际。这样做，会使被管理者始终处于一种焦虑的状态，是不可长久的。老子说：

> 持而盈之，不若其已。揣而锐之，不可常葆之。金
> 玉盈室，莫之守也。贵富而骄，自遗咎也。功遂身退，
> 天之道也。

在管理方法上，老子觉得要身体力行，管理者要严于律己，光嘴上说，没有实际行动是没有效果的，要"一级做给一级看，一级带着一级干"。老子说：

> 以圣人处无为之事，行不言之教。万物作焉而不
> 辞。生而不有，为而不恃，功成而弗居。夫唯弗居，是
> 以不去。

老子在《道德经》中展现的智慧，是人类的大智慧。有人说读懂了《道德经》就读懂了人生，看透了万事万物的起源。

老子说"天下万物生于有，有生于无"，"道生一，一生二，二生三，三生万物。万物负阴而抱阳，冲气以为和"。《道德经》中蕴含着深奥的道理，老子却认为这个"道"很简单，很容易懂，他说：

> 吾言甚易知、甚易行。天下莫能知、莫能行。言有宗、事有君。夫唯无知，是以我不知。知我者希，则我者贵。是以圣被褐怀玉。

那么老子写《道德经》的最终目的是什么呢？老子说：

> 道恒，无名，侯王若守之，万物将自化。化而欲作，吾将镇之以无名之朴。镇之以无名之朴，夫将不辱。不辱以静，天地将自正。

从这里我们不难看出老子的悲悯之心，希望侯王们能够按照大道行事，从而使得天下安定，这应该是老子的人生理想。

总之，《道德经》真是一部旷世经典，《道德经》原本只有《道经》和《德经》两章，而且《德经》在前，《道经》在后。在汉代以后流传的过程中被后人分解成了81章，其中《道经》37章，《德经》44章，并且将《道经》放在了《德经》的前面。

这样的编排和拆解是否合理，由于已成事实，今天的我们已无权评说，但有一点是客观存在的，那就是《道德经》当中不少章节是相互紧密联系的，是在论述同一件事，应该放在一个段落里面来阅读。此外，由于流传时间长达两千多年，部分错句、病句都"以讹传讹"，成了脍炙人口的成语和名句。《德经》和《道经》两个篇章的颠倒，还产生了一个副作用，使得老子最后的点题之笔，由"天地将自正"变成了"为而不争"，老子也被后人误解为消极避世的典型代表。

下面，我们以通行本为蓝本，同时参考帛书本和楚竹简本的内容，将《德经》放于前，《道经》放于后，将不同的章节组合在一起，全文分成二十八个专题，进行评论和赏析。

第一章　上德不德

德和道是什么关系呢？《易经》当中，有这样一句话，叫"德不配位，必有灾殃"。"德"实际上是道的具体体现，德与道的关系是互为表里。

通行本中，老子在《德经》中的第一句话是这么说的：

> 上德不德，是以有德；下德不失德，是以无德。上德无为而无以为；下德为之而有以为。上仁为之而无以为；上义为之而有以为。上礼为之而莫之应，则攘臂而扔之。故失道而后德，失德而后仁，失仁而后义，失义而后礼。夫礼者，忠信之薄，而乱之首。前识者，道之华，而愚之始。是以大丈夫处其厚，不居其薄；处其实，不居其华。故去彼取此。

在这段话中，不少专家学者都认为"下德为之而有以为"

是后人添加的，这一处的修改，是想对"下德不失德，是以无德"进行人格化的解释，但这样一改就打乱了文章的原有结构，改变了作者的原意。

这段话的意思是：真正的德不表现于外，为什么不表现于外呢？因为道是无形的，而德是道的化身，所以德也具有不外显的特征，这叫"上德"。而那些通过主动作为，希望达到"不失德"的行为，属于"下德"，真正的德应该是顺应自然而不用刻意作为。此外，老子还按照"道"的标准，对德、仁、义、礼四种规范进行了排序，第一位的是德，其次是仁，再次是义，最后才是礼。这四种规范的具体要求也不一样，德要无心作为，即无须刻意表现；仁要有所作为，但不用刻意表现；义既要作为，也要表现；礼呢，如果对方不按照礼的要求去做，就要强迫对方顺从。想想现实生活中，是不是也是这样？我们教育小孩子要懂礼貌，见到长辈要打招呼，如果小孩子不这么做，往往会遭到家长的批评。春秋时期，贵族讲究的礼是比较多的，这些礼是贵族根据氏族制度和风俗习惯加以发展和改造出来的，如有籍礼、冠礼、大蒐礼、乡饮酒礼、乡射礼、朝礼、聘礼、祭礼、婚礼、丧礼等。以丧礼为例，根据亲疏远近，要穿不同种类的丧服，分别是斩衰、齐衰、大功、小功、缌麻，与死者亲属关系越近，麻布越粗，这种习俗被称为"五服丧"。丧礼的规定极其繁烦，要想完全记住都有难度。西周时期，一个家族少则几百人、多则数千人，古人的寿命又比较短。如果完全按照礼的要求服丧，整个村镇的人一生当中恐怕大部分时间都在服丧，听起来这简直就像是一个黑色幽默。

那么礼是干什么用的呢？礼主要用来区别亲疏贵贱和等级差别，不同的人，按照亲疏贵贱，其言行都用不同的"礼"予以规定。许多典章制度和道德规范常常贯穿在各种礼之中，礼具有法律效力，"违礼"的行为要受到惩罚。因此，礼具有维护宗法制度、加强贵族统治的作用。到了春秋后期，社会上出现了"礼崩乐坏"的局面，诸侯王们在争权夺利的同时，不按照套路出牌了，不仅越级使用诸侯王的礼，甚至还越级使用天子之礼。例如《论语·八佾篇》中记载，季氏用了八行八纵，共六十四人的舞蹈队，这是天子之礼。孔子知道后估计气得够呛，说："是可忍也，孰不可忍也！"面对这些社会乱象，老子认为以礼治理天下，是行不通的。老子认为失去了"道"而后才有"德"，失去了"德"而后才有"仁"，失去了"仁"而后才有"义"，失去了义而后才有礼。"礼"这个东西，是忠信不足的产物，是祸乱的开端。追求虚华，这不是德的表现，而是一种愚昧。大丈夫应该舍弃浅薄虚华，立身敦厚，心存朴实，而不拘于这些虚华的外在表象。

在帛书本的《道德经》中，这一段的内容与通行本基本一致，按照帛书本的编排顺序，这章内容本应该是全书的第一章。从这章的内容来看，老子并没有回避问题，而是直指社会乱象，叩问天下良心，指出敦厚朴实才是大丈夫的本色。这种呐喊振聋发聩，让人深思。从这一章的内容来看，我们不仅看到了老子人格的独立性，也看到了老子思想的光辉。反观当下，为了加强管理，我们研究制定出各种各样的管理制度，可是这些制度有多少发挥了实效呢？那么，怎样的管理才是简洁高效的呢？这需要我们不断地反思。

第二章　大器免成

老子说：

　　昔之得一者，天得一以清，地得一以宁，神得一以灵，谷得一以盈，万物得一以生，侯王得一以为天下贞。其致之，天无以清，将恐裂；地无以宁，将恐发；神无以灵，将恐歇；谷无以盈，将恐竭；万物无以生，将恐灭；侯王无以贵高，将恐蹶，故贵以贱为本，高以下为基。是以侯王自称孤、寡、不穀。此非以贱为本邪？非乎？故：至数，舆无舆。不欲琭琭如玉，珞珞如石。

　　这段话的意思是说：得道者是什么样的呢？苍天得到道而清明，大地得到道而安宁，神仙得到道而灵验，河谷得到道而充盈，万物得到道而生长，侯王得到道而成为天下的首领。由此可以推论，苍天不能保持清明，恐怕就要崩裂；大地不能保持安宁，恐怕就要崩陷；神仙不能保持灵验，恐怕就要消失；河谷不能保持充盈，恐怕就要干涸；万物不能保持生长，恐怕就要灭绝；侯王不能保持高贵的地位，恐怕就要垮台。所以贵以贱为根本，高以下为基础，因此侯王们自称为"孤""寡""不榖"，"孤"指的是幼儿无父，"寡"指的是无妻或无夫的人，"不榖"指的是无子女的老绝户，这不就是以卑贱作为尊贵的根本吗？所以无须追求那些赞美和称誉，不要求像美玉那样尊贵华美，而宁愿像块石头那样坚硬。由此可以得知，老子认为万事万物的根本是道，哪怕是尊贵的天地，也无法脱离朴实无华的道而存在。

那么道的运动规律和特点是什么呢？老子说：

> 反者道之动，弱者道之用。天下万物生于有，有生于无。

也就是说，道的运动规律和特点是向着相反的方向循环往复，道的作用是微妙、柔弱的。天下万物产生于有形的物质，而有形的物质又产生于抽象和无形的道。古希腊哲学家柏拉图说，真理可能在少数人一边。列宁也说过类似的话："真理往往掌握在少数人手中"，这是否反映了道反向运动的规律呢？也许正因为道不走"寻常路"的特点，所以不同的人对待道也有着不同的态度。

老子说：

上士闻道，勤而行之；中士闻道，若存若亡；下士闻道，大笑之。不笑，不足以为道。故建言有之：明道若昧，进道若退，夷道若纇。上德若谷，大白若辱，广德若不足，建德若偷，质真若渝；大方无隅，大器晚成，大音希声，大象无形，道隐无名。夫唯道，善贷且成。

有专家指出，通行本中这段文字里的"大器晚成"和"大象无形"是误读，应该是"大器免成"和"天象无形"。"大器免成"的意思是大器不需要加工。而"天象"呢，古人经常通过对天象的观测来预测吉凶，天象是变化无常的，没有固定的形态。随着千百年的流传，不知是哪位粗心的抄录人留下了这样的笔误，而今已成了老百姓口中的成语，错的变成了对的，对的变成了错的，这就是时间留给我们的谜。

好了，不能扯远了，我们要看看，这段话老子是什么意思呢？老子说：上等人士听了道的理论，努力去践行；中等人士听了道的理论，将信将疑；下等人士听了道的理论，哈哈大笑。不被嘲笑，那就不足以称其为道了。因此古人说过这样的话，光明的道好似暗昧；前进的道好似后退；平坦的道好似崎岖；崇高的德好似峡谷；最洁白的东西，好似含有污垢；广大的德，好像仍然存在不足；刚健的德，好似懈怠懒惰；质朴而纯真的状态，就好像混沌未开；巨大而方正的物质，大到无法看到它的棱角；巨大的声响，听起来却好像无声无息；天象所呈现出的形态是无形的，道幽隐而没有名称，只有道才能成就万物。

　　这段话中，老子根据不同人对道的态度，划分成了三类人，分别是上士、中士和下士。老子口中的"人上人"和我们现在的理解不一样，老子认为在精神世界的"金字塔"里，悟道之人处于"金字塔"的塔尖，但这类人在世人的眼中又是那么的平凡和不起眼，凡人就如"下士"一般，只看得到表象，而无法透过现象看本质，也就无法了解悟道之人那宽广深远的内心世界。那么你属于哪一类人呢？

第三章 大成若缺

老子说：

> 道生一，一生二，二生三，三生万物。万物负阴而抱阳，冲气以为和。人之所恶，唯孤、寡、不穀，而王公以为称。故物或损之而益，或益之而损。人之所教，我亦教之。强梁者不得其死，吾将以为教父。

这段话当中，第一句话是个名句，意思是"道是独一无二的，道本身包含阴阳二气，阴阳二气相交而形成一种和谐的状态，万物在这种状态中产生"。阴阳观是古人最朴素的世界观和哲学思想，万事万物都分阴阳。老子说，万物背阴而向阳，并且在阴阳二气的互相激荡下生成新的和谐体。人们最厌恶的就是"孤""寡""不穀"，为什么呢？"孤""寡""不穀"意味着绝户，没有比这三个词语更倒霉的了，但王公却用这些词语来称呼自己，这是为什么呢？我们看宫廷戏的时候，看到皇帝一口一个"寡人"，觉得挺霸气，实际上那是皇帝自谦的话。那么背后隐藏着什么样的道理呢？老子认为，一切事物，有时减损它却反而得到增加；有时增加它却反而得到减损。老子说："是别人这样教导我的，所以我也这样去教导别人。强横逞凶的人死无其所，我把这句话当作施教的宗旨。"

老子对"逞强"给予了毫不留情的批判，对"至柔"却给予了毫不保留的赞美。老子说：

> 天下之至柔，驰骋天下之至坚。无有入无间，吾是
> 以知无为之有益。不言之教，无为之益，天下希及之。

这意思是天下最柔弱的东西，能穿行于最坚硬的东西之中；无形的力量可以穿透没有缝隙的东西，我因此认识到"无为"所带来的益处。"不言"的教诲，"无为"的益处，普天之下很少有其他东西能够超过它了。

那么如何做到至柔呢？老子有进一步的论述。老子说：

> 名与身孰亲？身与货孰多？得与亡孰病？甚爱必大
> 费，多藏必厚亡。知足不辱，知止不殆，可以长久。"

这意思是说：名誉和生命相比哪一样更为亲切？生命和财

富比起来哪一样更为贵重？获得名利和丧失生命相比，哪一个更有害？过分地追逐名利就必定要付出更多的代价；过于积敛财富，必定会遭致更为惨重的损失。所以说，懂得满足，就不会受到屈辱；懂得适可而止，就不会遇见危险；这样才可以保持住长久的平安。用一句话来概括，那就是做人要自重、自爱，对待名利要适可而止，知足知乐，这样才可以避免落得身败名裂的可悲下场。

　　一个人，尤其是坐拥天下的王者，要想控制自己的欲望，谈何容易。老子说：

　　　　大成若缺，其用不弊。大盈若冲，其用不穷。大直
　　　　若屈，大巧若拙，大辩若讷。躁胜寒，静胜热。清静为
　　　　天下正。

　　这意思是说，最完满的东西，好似存在残缺，但它的作用永远不会衰竭；最充盈的东西，好似显得空虚，但它的作用是不会穷尽的。最正直的东西，好似有弯曲；最灵巧的东西，好似最笨拙；最卓越的辩才，好似言语迟钝。运动克服寒冷，安静克服暑热，清静无为才能统治天下。

　　这段话对我们普通人来说，也非常有启发。有位同事曾对我说："残缺是生活的本质。"我不知道这句话从哪里来，但听完却震动很大。的确，我们不停地奋斗，不断地努力，但是对

现状总是不满意，老子说"大成若缺"，也就是说，生活的本来面貌就是存在各种不如意的地方，我们要认清并接受它。美国的一部喜剧电影也阐述过类似的观点，一个人将灵魂卖给魔鬼，魔鬼帮他达成愿望，结果他发现任何愿望都有缺憾，无法达到真正的满足。这个问题困惑着我们，也是我们人生当中必须面对和思考的一个课题，那就是什么东西才是我们真正想要的。内心的充实和愉悦，亲情友情的关爱，这些东西都是无形无相的，大多是向内求的，而非在欲望的驱使下，不断地向外求。向内求，有点类似于现在的极简主义。你会发现，其实你需要的并不太多，而且这些东西曾经被你忽视，它们就围绕在你的身边，一刻都不曾离开过。

第四章　天下有道

老子说：

> 天下有道，却走马以粪；天下无道，戎马生于郊。
> 祸莫大于不知足；咎莫大于欲得。故知足之足，常足
> 矣。

这段话的意思是：治理天下合乎"道"，那么社会生活就太平安定，战马不上战场，而在田间给农夫耕种。治理天下不合乎"道"，连怀胎的母马也只能在战场上产下小马驹。最大的灾祸就是不知道满足，最大的罪过就是贪得无厌。所以懂得知足的人，永远是满足的。老子的这段话是用来劝谏那些诸侯王不要永远不知道满足，贪欲会让天下动荡不安。

那么，老子凭什么做出这样的论断呢？老子说：

不出户，知天下；不窥牖，见天道。其出弥远，其
知弥少。是以圣人不行而知，不见而明，不为而成。

意思是说：足不出门户，就能够知道天下的事理；不窥望
窗外，就可以了解四季变化的自然规律。外出时间越长，走得
越远，用来思考和学习的机会就越少。所以，有"道"的圣人
不出行就能够推知事理，不必亲见就能明白一切，不亲自去做
却可以有所成就。看到这里，大家可能会产生疑问，有这样的
人吗？大家都知道《三国演义》中的诸葛亮，那种稳坐中军
帐、运筹帷幄的本事令人叹为观止，但这毕竟是小说当中的人
物，有人评价诸葛亮多智而近乎于"妖"，也就是说关于诸葛
亮的描述有夸张的成分，不太可信。然而有一位我们熟知的伟
人确实做到了这一点，那就是用兵如神的毛泽东。在抗日战争
最艰苦的时期，毛泽东在延安的窑洞里写出了《论持久战》，
准确预测了战争的发展历程，这不正是老子所说的"不出户，
知天下"吗？在解放战争期间，毛泽东指挥人民军队，仅仅用
了三年的时间就打败了八百万全副美式装备的国民党军。而这
样一位军事统帅，据说一生当中几乎没有用过枪，这真是一段
传奇。

关于怎样治理国家，老子说了这样一段话：

为学日益，为道日损，损之又损，以至于无为。

无为而无不为，取天下常以无事，及其有事，不足以
取天下。

意思是说：世俗的学问通常是越学越多，但"道"这个
东西越学习则欲望越少，随着欲望的不断减少，最后就达到了
"无为"的境地。如果能够做到无为，不为自己的私欲而为，就
没有什么事情是做不到的。治理国家，不能随意扰民，反之就
无法治理天下了。《礼记》当中所记载的"苛政猛于虎"的故事
也正是说明了统治者"有为"的危害性。

老子还说：

圣人无常心，以百姓心为心。善者，吾善之；不善
者，吾亦善之，德善。信者，吾信之；不信者，吾亦信
之，德信。圣人在天下，歙歙焉，为天下浑其心，百姓
皆注其耳目，圣人皆孩之。

意思是：圣人常常是没有私心的，以百姓的心愿为自己的
心愿。对于善良的人，用善心去对待他，对于不善良的人，也
用善心去对待他，这就是德中所讲的善。对于守信的人，信任
他；对不守信的人，也信任他，这就是德中所讲的诚信。圣人
治理天下时，使天下的心思归于浑朴。百姓们都专注着他的言
行，而圣人对待百姓就像对待纯朴的孩子。

在国家领导人治国理政的过程中，我们也经常能看到"大道"的影子。提倡"为人民服务"，提出"人民对美好生活的向往，就是我们的奋斗目标"，这些与老子提出的"圣人无常心，以百姓之心为心"时代不同，但却有相通之处。老子通过以上内容，讲述了自己心中的理想国，这个理想国应该和上古时期的氏族社会有些相似，夜不闭户，人心质朴，生活安定。

第五章　出生入死

　　某位央视著名主持人因癌症去世，他离开这个世界时年仅50岁，不少网友对他的英年早逝感到遗憾和痛惜。这位主持人生前曾说过这样一段话：

> 　　我的人生现在已经进入了由我做主的阶段。我除了工作的角色之外，首先我还是一个丈夫、一个父亲，有统计数据显示，父亲对孩子的鼓励产生的效用是母亲的50倍。我现在想为我的女儿多做些事，多陪陪她，多和她共同生活。

　　由此可见，当这位受观众喜爱的主持人知道自己的人生即将走到尽头的时候，他希望把自己剩余的时间留给家里人，尤其放心不下的是自己尚未成年的女儿。如果我们的生命还剩下17个月，面对死亡，我们应该如何选择呢？如果我们能弄清这一问题的答案，也就想清楚了我们前行的方向。

老子说：

> 出生入死，生之徒十有三；死之徒十有三；而民生
> 生，动皆之死地，之十有三。夫何故也？以其生生也。
> 盖闻善执生者，陵行不辟兕虎，入军不被甲兵。兕无所
> 揣其角，虎无所措其爪，兵无所容其刃。夫何故？以其
> 无死地焉。

这段话的意思是：人从出生到死亡，能够正常走完人生的
占十分之三；降生不久就夭折的占十分之三；出生之后，虽然
活了下来，却因为意外而死亡的人，也占十分之三。这是为什
么呢？因为人们希望活得更好。据说，一些善于把握生命的人，
在陆地上行走，不会遇到凶恶的犀牛和猛虎，进入敌阵不用披
上盔甲也不会受到兵器的伤害。犀牛对其用不上刺人的角，老
虎对其用不上伤人的爪，兵器无法对其刺击。为什么会有这样
的结果呢？因为按照道的指引，他没有进入死亡之地。

这段话，表面上看，非常玄妙，甚至让人无法理解。但最
后一句话确实点中了主题。老子那个年代，婴儿出生时的死亡
率比较高，现在医学进步了，死亡率已经大大降低了，但是时
至今日，意外的死亡仍旧无法避免。老子的这段话，主要是针
对春秋时期的贵族，具有较强的指向性，老子是想倡导清心寡

欲的生活方式，他认为个人欲望的膨胀，往往导致意外的发生。如果不是想得到珍贵的犀牛角，犀牛怎么会发狂呢？如果不是与虎谋皮，老虎怎么会伤害人呢？如果在战场上不想杀人，怎么会被人杀呢？说到这儿，我想起在电视剧里曾经看到的一个情节。解放战争期间，一个担任重机枪手的国民党老兵在屡次战斗当中都存活了下来，因为重机枪杀伤力大，重机枪手伤亡率是很高的。一个新兵蛋子对老兵非常敬仰，问他是怎么做到的，他直言不讳地说："枪口抬高一寸。"什么意思呢？就是朝天开枪。当然，这是老兵油子的经验，算不上什么圣人，但其中的道理有相通之处。

那么，老子的这些话对于我们有什么样的启发呢？我们常说健康是"1"，其余都是"0"，有了健康，"0"越多越好，没有健康，那么一切都是空谈。但在实际生活中，我们为了生存，为了过上更好的生活，不到病倒的那一刻，往往意识不到健康的重要性，总觉得要干的事情很多，往往不顾及健康。这位主持人的英年早逝，让我们唏嘘，希望我们每个人都能够看懂人生，善待自己和家人，克制过度的欲望，尽力而为，让危险远离我们，让平安和我们永远相伴。

第六章 尊道贵德

老子说：

　　道生之，德畜之，物形之，势成之。是以万物莫不尊道而贵德。道之尊，德之贵，夫莫之命而常自然。故道生之，德畜之，长之育之，亭之毒之；养之覆之。生而不有，为而不恃，长而不宰，是谓玄德。

　　这段话的意思是说：道生成万事万物，德养育万事万物。万事万物呈现出各种各样的形态，环境使万事万物成长起来。因此，万事万物莫不尊崇"道"而珍视"德"。"道"之所以被尊崇，"德"之所以被珍视，就在于"道"生成万物而不加以干涉，"德"畜养万物而不加以主宰，顺其自然。因此，"道"生育万物，"德"养育万物，使万物生长发育，使万物成熟结果，使万物受到抚养和保护。生育万物而不据为己有，抚育万物而不自恃有功，滋长万物而不妄加主宰，这就是奥妙玄远的德。

《周易》当中有句名言："地势坤，君子以厚德载物"，这句话可以说是家喻户晓。老子所说的这段话，把"厚德载物"阐述得淋漓尽致，一个有道德的人，应当像大地那样宽广厚实，承载和生长万物。德是古人的一种信仰，个人的发展是离不开德的。古人相信，德能带来平安和财富，缺德者难行于天下。例如，中国历史上赫赫有名的晋商，之所以能走出中国，将业务拓展到俄罗斯和东南亚，就是以"德"字为先。

那么"尊道贵德"有什么作用呢？老子说：

> 天下有始，以为天下母。既得其母，以知其子；既知其子，复守其母，没身不殆。塞其兑，闭其门，终生不勤。开其兑，济其事，终生不救。见小曰明，守柔曰强。用其光，复归其明，无遗身殃。是为习常。

这段话的意思是说：天地万物都有起始，这个始就是天地万物的根源。如果知道根源，就能认识万物；如果认识了万物，又能坚守万物的根本，那么终生都不会遭遇危险。塞住欲念的孔穴，关闭欲念的门径，那终生都不会有烦扰之事。如果打开欲念的孔穴，成就世间的杂事，则终生都不可救治。能够察见细微，叫作"明"；能够坚守柔弱，叫作"强"。运用"道"的光芒，返照内在的"明"，就不会给自己带来灾祸，这就叫作万世不绝的"常道"。用一句话来概括，老子认为"尊道贵德"可以消灾避难，保人平安。

那么现实是什么样的呢？紧接着，老子对现实进行了批判。老子说：

> 使我介然有知，行于大道，唯施是畏。大道甚夷，
> 而人好径。朝甚除，田甚芜，仓甚虚，服文采，带利
> 剑，厌饮食，财货有余，是谓盗夸。非道也哉！

意思是说：假如让我带领大家在大道上行走，唯恐走了邪路。大道虽然平坦，但有些人却喜欢走小路。居住的宫殿造得非常豪华，农田却极其荒芜，仓库也十分空虚，而这些人却穿着锦绣的衣服，佩带着锋利的宝剑，饱餐着精美的饮食，搜刮占有了太多的财货，这可是大盗的做法，这是多么无道啊！老子在这一章里给当时无道的统治者画了一幅自画像，描述得非常形象。那么善于治理国家的人是什么样的呢？老子说了下面这段话。

老子说：

> 善建者不拔，善抱者不脱，子孙以祭祀不辍。修之
> 于身，其德乃真；修之于家，其德乃余；修之于乡，其
> 德乃长；修之于国，其德乃丰；修之于天下，其德乃

普。故以身观身，以家观家，以乡观乡，以国观国，以天下观天下。吾何以知天下之然哉？以此。

意思是：善于造房子的人，所造的房子不会倒塌，善于摔跤的人不会让对手滑脱，对于成就功业者，子孙的祭祀会世代相传，连绵不绝。把这个道理用于自身，就可以得到真正的德；把这个道理用于家庭，家庭就会丰盈有余；把这个道理用于乡里，这个乡就会传颂久长；把这个道理付诸邦国，国家就会昌盛；把这个道理用于天下，天下的德行就会普及。所以，以修身之道来观察别人，以齐家之道来观察别家，以合乡之道来观察别乡，以平天下之道来观察天下。我怎么会知道天下的情况呢？用的就是以上的方法和道理。

老子的这段话，用今天的哲学思想来理解，并不陌生。那就是个性和共性、特殊性和普遍性的辩证关系。普遍性寓于特殊性之中，并通过特殊性表现出来，没有特殊性就没有普遍性。用老百姓的大白话来说，那就是："没吃过猪肉，还没见过猪跑吗？"

第七章　以正治国

老子对厚德之人的状态、智者的行为，有这样的描述，老子说：

含德之厚，比于赤子。蜂虿虺蛇不螫，猛兽不据，攫鸟不搏。骨弱筋柔而握固。未知牝牡之合而全作，精之至也。终日号而不嗄，和之至也。知和曰"常"，知常曰"明"，益生曰祥，心使气曰强。物壮则老，谓之不道，不道早已。

这段话的意思是：道德涵养浑厚的人，就好比初生的婴孩。毒虫不会刺伤他，猛兽不会伤害他，凶恶的鸟不会攻击他。他虽然筋骨柔弱，但拳头却握得很紧。他虽然不懂男女之事，但生殖器官却坚挺，这是精气充沛的缘故。他整天啼哭，但嗓子却不会沙哑，这是元气淳厚的缘故。认识阴阳和谐的道理就叫作"常"，知道"常"的实质就叫作"明"。贪生纵欲就会遭殃，由欲念来主使行为就叫作逞强。事物过于追求强盛就会转向衰老，因为这样不符合"道"，不遵守道很快就会灭亡。

这段话里，老子用初生的男婴来比喻悟道的圣人，主要是抓住了圣人的两个特点：一是没有利己之心，二是没有过强的欲望。如果你没有故意伤害毒虫野兽猛禽的企图，那么这些毒虫野兽猛禽也许不会来主动攻击你。另外，由于你没有抓捕它们的私欲，自然也不会侵入它们的领地，就不会碰到这样的倒霉事了，所以老子认为麻烦是贪欲引来的。

说完道的作用，老子还要说说道的地位。老子说：

> 知者不言，言者不知。塞其兑，闭其门；挫其锐，解其纷；和其光，同其尘，是谓玄同。故不可得而亲，不可得而疏；不可得而利，不可得而害；不可得而贵，不可得而贱；故为天下贵。

这段话意思是说：要想了解道，就要用心感悟，夸夸其谈的人往往不了解道，要堵住欲念的孔窍，关闭欲念的门径。道不露锋芒，消解纷争，收敛光芒，混同于尘世间。达到"玄同"境界的道，已经超脱于亲疏、利害、贵贱的世俗范围，所以能被天下人所尊重。说到这儿，我想起了现在人们常常挂在嘴边的六个字，那就是"公平、公正、公开"，这六个字也是道的体现。公平就是要"挫其锐，解其纷；和其光，同其尘"；公正就是"不可得而亲，不可得而疏"；公开就是"知者不言，言者不知"。如果我们都能做到以上这些，人类社会的发展也就得到了长足的进步。

讲完这些大道理，老子又开始讨论如何以道治国。老子说：

> 以正治国，以奇用兵，以无事取天下。吾何以知其然哉？以此：天下多忌讳，而民弥贫；民多利器，国家滋昏；人多伎巧，奇物滋起；法令滋彰，盗贼多有。故圣人云："我无为，而民自化；我好静，而民自正；我无事，而民自富；我无欲，而民自朴。"

这段话的意思是说：以正道治国，以奇道用兵，用自然无为的策略治理天下。我是怎么知道这样的规律的呢？主要的依据是忌讳越多，老百姓就越贫穷；民间武器越多，国家就越混乱；人们小聪明越多，邪风怪事就越厉害；法令越森严，盗贼就越多。所以圣人说："我无为，百姓就会自我教化；我好静，百姓就会自然回到正道；我不扰民，百姓就会自然富足；我没有贪欲，百姓就会自然淳朴。"可以说老子开出了"救世良方"，非常清晰地阐述了"无为"的核心思想。

第八章　福祸相依

老子说：

其政闷闷，其民淳淳；其政察察，其民缺缺。祸兮，福之所倚；福兮，祸之所伏。孰知其极？其无正。正复为奇，善复为妖。人之迷，其日固久。是以圣人方而不割，廉而不刿，直而不肆，光而不耀。

这段话的意思是：政治宽厚清明，百姓就淳朴忠诚；政治苛察严酷，百姓就狡黠奸诈。幸福依傍在灾祸里面，灾祸潜藏在幸福里面。谁能知道这究竟是灾祸还是幸福呢？这并没有确定的标准。正会转变为邪，善会转变为恶，这正是人世间永远的谜，这些现象由来已久了。因此，有道的圣人做人方正而不生硬，有棱角而不伤人，直率而不放肆，光亮而不刺眼。

从老子的这些话语中我们看到了老子眼中"谦谦君子"的形

象。关于"祸福相依"的辩证思维，有一个家喻户晓的故事，那就是"塞翁失马"。故事讲的是居住在边塞的一位老汉，不小心丢了马，损失了财产，大家都觉得遗憾，老汉却不以为然，果然，丢失的马带着一群母马回来了。众人前去祝贺，老汉却忧心忡忡，结果儿子驯马时摔断了腿。众人皆来慰问，老汉却并不难过。没多久胡人大举入侵边塞，老汉的儿子因为残疾，免于兵役，保全了性命。这个故事一波三折，虽然不一定真实发生过，但故事背后却包含着中国人"福祸相依"的哲学思想。

讲完圣人的修养，针对圣人如何治理国家，老子又分别讲了下面三段话：

第一段话，老子说：

> 治人事天，莫若啬。夫唯啬，是谓早服；早服，谓之重积德；重积德则无不克；无不克则莫知其极，莫知其极，可以有国；有国之母，可以长久。是谓根深固柢，长生久视之道。

这段话的意思是说：治理百姓和养护身心，没有比爱惜精力更重要的了。爱惜精力，就要服从天道，早做准备，不断地积"德"；这样做就能拥有无法估量的力量，从而攻无不克；具备了这种力量，就可以担负治理国家的重任。掌握了治国理政的大道，就可以国运长久，这就是根深柢固、长久存在的道理。

讲完这句话，老子显然觉得还没讲透，又说了下面这段千古名言，曾被国家领导人多次引用过。

那么第二段话是讲什么呢？这里我们选用帛书本的内容，老子说：

> 治大国若烹小鲜，以道莅天下，其鬼不神。非其鬼
> 不神也，其神不伤人也。非其神不伤人也，圣人亦弗伤
> 也。夫两不相伤，故德交归焉。

这段话的意思是说：治理大国，好像煎烹小鱼那样不能随意翻腾。用"道"治理天下，鬼怪就不灵验了，不是鬼怪不显神通，而是显了神通也伤害不了人，不是其神通不伤人，而是因为鬼神和圣人双方和睦，两不相伤，所以鬼神齐辅，德行圆满，百姓受到恩泽。"治大国，若烹小鲜"这句话把执政者如履薄冰的形象生动地展示了出来，老子告诉领导者，要对百姓有敬畏之心。

在大国和小国之间，如何处理外交关系，老子也有自己的观点，这是第三段话。老子说：

> 大国者下流，天下之交，天下之牝。牝常以静胜
> 牡，以静为下。故大国以下小国，则取小国；小国以下
> 大国，则取大国。故或下以取，或下而取。大国不过欲

兼畜人，小国不过欲入事人。夫两者各得其所欲，大者宜为下。

意思是说：大国要像居于江河下游那样，使天下百川交汇于此，要处在天下雌柔的位置。雌柔常以安静守定而胜过雄强，因为它谦让居下。大国对小国谦让，就可以取得小国的信赖；小国对大国恭敬，就可以被大国所容纳。所以，要么是大国对小国谦让而取得小国的信任，要么是小国恭敬大国而被大国所容纳。大国不要总想统治小国，小国不要过于依顺大国，两者各得其所，但大国应该谦下忍让。从我国的外交情况来看，也确实如此，我国和菲律宾的外交关系就非常典型。当菲律宾作为美国牵制中国的棋子，不断进行挑衅，在南海与中国起摩擦的时候，我们保持了谦让，并没有动用武力，而是采取有效措施扭转了局面，逐步掌握了南海的主动权。随着菲律宾政权的更替，菲律宾的态度也出现了 180 度的大转弯，开始主动向中国示好。中国接受菲律宾的善意，支持菲律宾的反恐行动，同意双方在南海共同合作开发，使南海的复杂局面得到了有效缓解，换来了南海和平稳定的大好局面。中国的态度和做法，展示了一个世界大国的风范。

第九章　大小多少

在治理天下方面，老子还有什么样的理念呢？首先，老子再次强调了"道"的地位和作用，他说：

> 道者，万物之奥，善人之宝，不善人之所保。美言可以市尊，美行可以加人。人之不善，何弃之有？故立天子，置三公，虽有拱璧以先驷马，不如坐进此道。古之所以贵此道者何？不曰：求以得，有罪以免邪？故为天下贵。

这段话的意思是："道"是万物的庇护者，行善之人珍视它，不善之人也要遵循它。美好的言辞可以换来别人对你的尊重；良好的行为可以使自己受人推崇。不善之人怎么会舍弃它呢？所以拥立天子、设置三公的时候，与其用拱璧在先、驷马在后的隆重礼仪，还不如把"道"进献给他们。自古以来，人们之所以把"道"看得这样宝贵，不正是由于能够得到道的庇护，有了罪过，也可得到它的宽恕吗？就是因为这一点，天下人才如此珍视"道"的存在。

那么悟道之人是怎么做的呢？老子做了更进一步的阐述。

第一，老子强调要处理好"大"和"小"的关系，要从小处入手。他说：

> 为无为，事无事，味无味。大小多少，报怨以德。图难于其易，为大于其细。天下难事，必作于易；天下大事，必作于细。是以圣人终不为大，故能成其大。夫轻诺必寡信，多易必多难。是以圣人犹难之，故终无难矣。

这段话的意思是：以无为的态度去作为，以不滋事的方法去做事，以恬淡无味当作有味。"大"生于"小"，"多"起于"少"，用恩德报答怨恨。解决困难要从容易的地方入手，成就大事要从细微之处做起。天下的难事，一定从简易的地方做起；天下的大事，一定从微细的部分开端。因此，有"道"的圣人始终不贪图大贡献，所以才能做成大事。那些轻易许诺的，必定很少能够兑现，把事情看得太容易，必定遭受很多困难。因此，有道的圣人遇到事情时宁可把它看得困难些，所以最终就不会遇到困难了。老子的这段话说得实在是太精彩了，让人拍案叫绝！当我们遇到困难时，用这种方法来调节焦虑的情绪非常有帮助。面对巨大的心理压力时，要把事情想到最坏，做到最好，把复杂的事情简单化，抓住主干，从容易的小事做起，这样再大的困难都能够化解，这是老子给我们的人生启示，是一种人生的大智慧。

第二，老子强调要处理好"多"和"少"的关系，要慎言慎行，居安思危。这里我们用帛书本的内容，老子说：

> 其安也，易持也，其未兆也，易谋也；其脆也，易判也，其微也，易散也。为之于其未有，治之于其未乱也。合抱之木，生于毫末；九成之台，作于蔂土；百仞之高，始于足下。为之者败之，执之者失之。是以圣人无为也，故无败也，无执也，故无失也。民之从事也，恒于其成事而败之。故慎终若始，则无败事矣。是以圣人欲不欲，而不贵难得之货，学不学，而复众人之所过，以辅万物之自然，而弗敢为。

这段话的意思是：局面安定时容易保持，问题没有露出征兆时容易图谋；东西脆弱时容易分解；事物微小时容易散失；要在事情尚未发生以前就处理妥当；治理国政，要在祸乱没有产生以前就做好准备。合抱的大树，生长于细小的萌芽；九层的高台，由一筐筐泥土筑起；几百尺高的巅峰，开始于脚踏实地的起步。为所欲为将会招致失败，把持不放将会失去。因此圣人无所作为，所以也不会招致失败；圣人无所执着，所以也不会遭受损害。人们做事时，总是在快要成功的时候失败，所以当事情快要完成的时候，也要像刚开始时那样慎重，这样就没有办不成的事情。因此，有道的圣人不为自己的私利而追求，不稀罕那些难得的财物，不人云亦云，不犯众人经常犯的错误。遵循万物的自然本性而不会依自己的意志妄加干预。

第三，老子强调要保持本心，大朴若拙。老子说：

> 古之善为道者，非以明民，将以愚之。民之难治，以其智多。故以智治国，国之贼；不以智治国，国之福。知此两者，亦稽式。常知稽式，是谓玄德。玄德深矣，远矣，与物反矣，然后乃至大顺。

这段话的意思是：古代善于为道的人，不是教导百姓懂得智巧伪诈，而是教导百姓淳厚朴实。人们之所以难以统治，乃是因为他们使用太多的智巧心机。所以用智巧心机来治理国家，必然会危害国家，不用智巧心机治理国家，才是国家的福祉。认识到这两种治国方式的差别，就了解了这个法则，这个法则叫作"玄德"。玄德深奥而幽远，具体的事物复归到真朴，才能达到自然通泰的境地。

第四，老子强调要海纳百川，不与民争利。老子说：

江海所以能为百谷王者，以其善下之，故能为百谷王。是以欲上民，必以言下之；欲先民，必以身后之。是以圣人处上而民不重，处前而民不害。是以天下乐推而不厌。以其不争，故天下莫能与之争。

这段话的意思是：江海所以能够成为百川汇集的地方，是因为它善于处在低下的地方。因此，圣人要领导百姓，必须在言辞上对百姓表示谦下，必须把自己的利益放在百姓之后。所以，圣人虽然位居百姓之上，但百姓并不认为是负担；居于百姓之前，而百姓不认为有妨害，天下人都乐意拥戴而不感到厌弃。因为圣人不与任何人相争，所以天下没有谁能和他相争。

以上四段话，老子都是讲圣人为人处世、加强自身修养方面的一些要求，俗话说"内化于心，外化于形"，这些观点正体现了老子看待问题的高度和智慧。

第十章 我有"三宝"

老子在《道德经》里提出了自己修身悟道的三件法宝，并针对这"三宝"做了进一步的阐述。老子说：

> 天下皆谓我："道"大，似不肖。夫唯大，故似不肖。若肖，久矣其细也夫！我有三宝，持而保之：一曰慈，二曰俭，三曰不敢为天下先。慈，故能勇；俭，故能广；不敢为天下先，故能成器长。今舍慈且勇；舍俭且广；舍后且先；死矣！夫慈，以战则胜，以守则固。天将救之，以慈卫之。

这段话的意思是：天下人都对我说"道"广大，不像任何具体事物的样子。正因为它广大，所以才不像任何具体的事物。如果它像任何一个具体的事物，那么"道"也就显得渺小了。我有三件法宝，始终掌握并拥有它们：第一件叫作慈爱，第二件叫作节俭，第三件叫作不敢居于天下人之先。有了柔慈，所以能勇武；有了节俭，所以能大方；不敢居于天下人之先，所以能成为万物之长。现在丢弃了柔慈而追求勇武，丢弃了节俭而追求大方，舍弃退让而求争先，结果是走向死胡同。慈爱用来征战，就能够胜利，用来守卫，就能够巩固。上天要援助谁，就用柔慈来保护他。

可能说到这儿，老子自己也察觉到，这些观点不太容易被世人所接受。春秋时期，各诸侯国的霸主穷兵黩武，蠢蠢欲动，都想扩充地盘，一统天下。让诸侯们"不敢为天下先"，用慈爱来对待战争，实在让人不好接受，于是老子又说了下面两段话。

首先，老子认为"不敢为天下先"就是要冷静，不逞匹夫之勇。老子说：

> 善为士者，不武；善战者，不怒；善胜敌者，不与；善用人者，为之下。是谓不争之德，是谓用人之力，是谓配天，古之极。

这段话的意思是：善于带兵打仗的将帅，不逞其勇武；善于打仗的人，不轻易被激怒；善于战胜强敌的人，不与敌人正面交锋；善于用人的人，甘愿谦居其下。这叫作与人无争的品德，这叫作驾驭别人的能力，这叫作符合自然的规律，是自古以来就有的最高准则。

其次，老子认为"柔慈"具有强大的力量，哀兵必胜。老子说：

> 用兵有言："吾不敢为主，而为客；不敢进寸，而退尺。"是谓行无行；攘无臂；扔无敌；执无兵。祸莫大于轻敌，轻敌几丧吾宝。故抗兵相加，哀者胜矣。

这段话的意思是：用兵的人曾经这样说，"我不敢主动进攻，而采取守势；不敢前进一寸，而宁可后退一尺"，这就叫作虽然有阵势，却好像没有阵势可摆；虽然要挥舞手臂，却好像没有臂膀可举；虽然面临敌人，却好像没有敌人可打；虽然有兵器，却好像没有兵器可握。祸患没有比轻敌更大的了，轻敌几乎丧失了我的"三宝"。所以，两军实力相当时，心怀柔慈，拥有悲愤之心的一方必定获胜。看完老子的这段分析，大家想一想，抗日战争我们为什么能够获得胜利，是因为整个民族在巨大的伤痛中凝聚了起来，任何敌人都无法战胜这种力量。我记得曾经看过这样一个纪录片，抗日战争进入相持阶段，为了保障中缅公路不被日军切断，妇女背着儿童，老人挑着重担，大家扶老携幼，拖家带口，冒着日寇的轰炸，在大山里修公路，用血肉创造了奇迹，修通了国外援助中国抗战的"生命线"。

最后，老子感慨这么简单的道理，竟然无人相信。他说：

吾言甚易知，甚易行。天下莫能知，莫能行。言有宗，事有君，夫唯无知，是以不我知。知我者希，则我者贵。是以圣人被褐而怀玉。

　　意思是：我的话很容易理解，很容易实行。但是天下竟没有人能理解，没有人能实行。我说话有主旨，做事有根据。因为人们不了解这些，所以才不理解我。能理解我的人很少，能效法于我的人就更难得了。因此，有道的圣人就像外面穿着粗布衣服，怀里揣着美玉一样。

　　可能这样讲，有人还是觉得不服气，老子话锋一转，又婉转地说了这样一段话：

　　知不知，上；不知知，病。夫唯病病，是以不病。圣人不病，以其病病，是以不病。

　　这段话读起来颇有些绕口令的味道，意思是：知道自己还有所不知，这是很高明的。明明不知道，却自以为知道，这就是很糟糕的。正因为能够认识到自己的缺点，所以才能够完善自己，使自己最终没有缺点。有道的圣人没有缺点，就是这个道理。话说到这个地步，不管老子所面对的受众是否接受，都已经不重要了，因为老子已经展现出了足够的耐心。而他的话也已经被后人所铭记，流传千古。

第一部分　读《道德经》见天地

第十一章　民不畏威

执政的领导者和百姓之间是什么样的关系呢？老子的一些话非常有分量，如警钟长鸣。老子说：

> 民不畏威，则大威至。无狎其所居，无厌其所生。
> 夫唯不厌，是以不厌。是以圣人自知不自见，自爱不自
> 贵。故去彼取此。

这段话的意思是：当百姓不再畏惧统治者的威压时，那么可怕的祸乱就要到来了。不要逼迫百姓无法安居，不要阻塞百姓谋生的道路。只有不压制百姓，才不会遭到百姓的厌恶。因此，有道的圣人不但有自知之明，而且也不自我表现，有自爱之心而不求自显高贵。所以要舍弃后者（自见、自贵）而保持前者（自知、自爱）。

面对民心不稳所带来的祸乱和危险，应该怎么办呢？老

子说：

　　勇于敢则杀，勇于不敢则活。此两者，或利或害。
天之所恶，孰知其故？是以圣人犹难之。天之道，不争
而善胜，不言而善应，不召而自来，繟然而善谋。天网
恢恢，疏而不失。

　　这段话的意思是：勇于好胜逞强就会死亡，勇于柔弱就能
生存，这两种勇的结果，有的得利，有的受害。天道所厌恶的
事，谁知道是什么缘故？就连有道的圣人也难以说明白。自然
的规律是，不斗争而善于取胜，不言语而善于回应，不召唤而
自动到来，宽缓而善于筹策。天网宽广无边，网眼虽然稀疏，
却不遗漏任何东西。我们现在常说的"法网恢恢，疏而不漏"
应该也是取自老子的《道德经》。因为法必须符合天道，不符合
天道的法是恶法，恶法就丧失了法的权威性。天道就像一张大
网，谁都无法摆脱天道的作用。
　　面对民变，如果铁腕镇压，会有什么样的效果呢？老子说：

　　民不畏死，奈何以死惧之。若使民常畏死，而为奇
者，吾得执而杀之，孰敢？常有司杀者杀。夫代司杀者
杀，是谓代大匠斫，夫代大匠斫者，希有不伤其手矣。

这段话的意思是：百姓不畏惧死亡，为什么用死来吓唬他们呢？假如百姓真的畏惧死亡，对于为非作歹的人，我们就把他抓来杀掉，谁还敢为非作歹？让专管刑律的人去执行杀人的任务，如果代替刽子手去杀人，就如同代替高明的木匠去砍木头，很少有不砍伤自己手指头的。老子这段话的意思是，如果罪犯需要偿命，要按照刑律定罪，由职业的司法人员来执行，任何人都无权随意杀戮百姓，否则最终伤害的是自己。

接着，老子揭示了社会动荡的根源。老子说：

民之饥，以其上食税之多，是以饥。民之难治，以其上之有为，是以难治。民之轻死，以其上求生之厚，是以轻死。夫唯无以生为者，是贤于贵生。

这段话的意思是：百姓陷于饥饿，是因为统治者征税太多，所以百姓才陷于饥饿。百姓难以管理，是因为统治者胡作非为，所以百姓才难以管理。百姓之所以轻生冒死，是由于统治者为了奉养自己，而搜刮民脂民膏，所以百姓觉得死了不算什么。唯有生活清净恬淡，不去过分追求享乐的人，才比那些过分看重自己生命的人高明。

最后，老子对铁腕管理社会的方式，直言不讳地提出了批评，并强调了守雌的重要性。老子说：

人之生也柔弱，其死也坚强。草木之生也柔脆，其死也枯槁。故坚强者死之徒，柔弱者生之徒。是以兵强则灭，木强则折。强大处下，柔弱处上。

这段话的意思是：人活着的时候身体是柔软的，死了以后身体就变得僵硬。草木生长时是柔软脆弱的，死了以后就变得干硬枯萎。所以坚强的东西属于死亡的一类，柔弱的东西属于生存的一类。因此，用兵逞强就会遭到灭亡，树木粗壮就会遭到砍伐。凡是强大的，总是处于劣势；凡是柔弱的，反而处于优势。老子所说的这些话，主要还是针对那些作风强悍、性格自大的王侯，如果把这些话用在普通人身上就非常牵强，也无法让人接受。

第十二章　报怨以德

老子在《道德经》里谈到了一个非常重要的问题，那就是如何实现社会公平，同时对领导者的社会责任和品德修养也进行了论述。老子说：

> 天之道，其犹张弓与？高者抑之，下者举之，有余者损之，不足者补之。天之道，损有余而补不足。人之道，则不然，损不足以奉有余。孰能有余以奉天下，唯有道者。是以圣人为而不恃，功成而不处，其不欲见贤。

这段话的意思是：自然的规律，不是很像一张弓吗？在制作弓的时候，匠人先把毛竹用火烤弯曲，然后反向把弓掰回来，装上弓弦。这样一加工，使得弓原本弯曲的高点变成了低洼处，低的地方反而被弓弦拉伸了起来，这种现象就像天道，减少有余的，补给不足的。可是社会的法则却不是这样，总是让贫苦的人更贫苦，让富裕人的更富裕。那么，谁能够"劫富济贫"呢？只有得道的人才可以做到。因此，有道的圣人有所作为而不自持己能，有所成就而不居功自傲，他是不愿意表现自己的贤能。老子的这段话，实在是太睿智了，人类社会的贫富差距不断拉大，不就是损有余而补不足吗？那么谁维护社会公平呢？政府承担了社会财富二次分配的责任，维护着社会的公平和稳定。在老子那个时代，能做到这一点的只有君王。

应该说，让君王意识到这一点，是非常不容易的。老子说：

> 天下莫柔弱于水，而攻坚强者莫之能胜，以其无以易之。柔之胜刚，弱之胜强，天下莫不知，而莫能行。是以圣人云："受国之垢，是谓社稷主；受国不祥，是为天下王。"正言若反。

这段话的意思是：天下再没有什么东西比水更柔弱了，而攻坚克强却没有什么东西可以胜过水。弱胜过强，柔胜过刚，普天之下没有人不知道，但却没有人能实行。所以有道的圣人这样说："能承担国家遭受的屈辱，才能成为国家的君主；能承担国家发生的灾祸，才能成为天下的君王。"

为什么君王要承受这样的屈辱呢？老子说：

和大怨，必有余怨，安可以为善？是以圣人执左契，而不责于人。有德司契，无德司彻。天道无亲，常与善人。"

这段话的意思是：和解深重的怨恨，必然还会留下残余的仇怨，这不是妥善的解决办法。因此，有道的圣人保存借据的存根，但并不以此强迫别人偿还债务。有"德"之人就像持有借据的圣人那样宽容，没有"德"的人就像掌管税收的人那样苛刻刁诈。自然规律不偏爱任何人，但总是与有德的善人相亲近。能力越大，责任也就越大，这就是君王要承受这样的屈辱的理由。《孟子》中有这样一句名言："天将降大任于斯人也，必先苦其心志，劳其筋骨，饿其体肤，空乏其身，行拂乱其所为，所以动心忍性，曾益其所不能。"我想，这句话也不是说给普通人听的。

第十三章　小国寡民

　　以下两段内容，是《道德经》中《德经》的最后两篇。老子描述了两个理想状态：一个是邦国的理想状态，另一个是圣人的理想状态。老子说：

　　　　小国寡民。使有什伯之器而不用；使民重死而不远徙；虽有舟舆，无所乘之；虽有甲兵，无所陈之。使人复结绳而用之。甘其食，美其服，安其居，乐其俗。邻国相望，鸡犬之声相闻，民至老死，不相往来。

　　这段话的意思是：百姓稀少的小邦，就好像是有各种器具，却不使用一样；使百姓重视生命，而不轻易向远方迁徙；虽然有船只车辆等交通工具，却不用乘坐；虽然有武器装备，却不用去布阵打仗；使百姓回到远古时期那种结绳记事、民风淳朴的自然状态之中。把邦国治理好，使百姓吃得香甜，穿得漂亮，住得安逸，过得快乐。邦国与邦国之间虽然互相望得见，鸡犬的叫声都可以听得见，但百姓直到老死，也不用互相往来。这段话，引起很多争议，特别是和我们现在的认识存在一定的冲突，国家地大物博才有优势啊，才有更多的资源和生存空间啊，国家之间也要多交流啊，怎么能老死不相往来呢？我们要透过历史看老子，老子的言论必然无法摆脱时代的烙印，老子所说的"小国寡民"不是现在的主权国家，而是邦国。老子所描绘的老死不相往来，不是"闭关锁国"，而是一种和平安定的生活状态。当然，这在春秋战国时期，简直就是一种不切实际的奢望。

老子说：

> 信言不美，美言不信。善者不辩，辩者不善。知者不博，博者不知。圣人不积，既以为人，己愈有；既以与人，己愈多。天之道，利而不害。圣人之道，为而不争。

这段话的意思是：真实可信的话不动听，动听的话不真实。善良的人不巧辩，巧辩的人不善良。真正有知识的人不卖弄，卖弄自己懂得多的人不是真正有知识。圣人是不存占有之心的，而是尽力照顾别人，同时他自己也更为充实和满足；他尽力给予别人，自己反而会更加富有。自然的规律是让万事万物都得到好处，而不伤害它们。圣人的行为准则是，只为他人效劳，而不与人相争。

　　最后这句话是《德经》的点睛之笔。也许《德经》说教意味浓厚了些，但之后的《道经》让很多人感到了震撼，老子描述了一个人类看不见的神秘力量。

第十四章　道可道也

　　《道德经》通行本中《道经》部分的开篇是这样写的：

　　　　道可道，非常道。名可名，非常名。无名天地之
　　始。有名万物之母。故常无欲以观其妙。常有欲以观
　　其徼。此两者同出而异名，同谓之玄。玄之又玄，众
　　妙之门。

　　通行本是这样注解的："道"如果能说出来，就不是永恒之
"道"。"名"如果能被命名，就不是真正的"名"……看后不禁
产生疑问，既然说不出来，又描述不清，还写它干什么呢？初
读此章的时候，感觉老子就像个行走江湖的赤脚医生，或者是
戴着墨镜的算命先生，摇头晃脑，欲言又止，故作神秘。

　　相声界的泰斗马三立老先生，曾经讲过这样一个单口相
声：有这么一个人，得了一个怪病，奇痒难忍，忽然听见门外

有人叫卖祖传秘方，专治奇痒，而且是无效退款。他花钱买了一个药丸，剥开一看，里面是个小纸包，他痒得受不了啊，赶紧剥开纸包一看，里面还有小纸包，一层层剥开，最后有一张小纸条，打开一看，里面写了两个字——"挠挠"。老子是不是也像江湖医生一样，在兜售自己的"秘方"呢？

如果你有好奇心，继续深究下去，会发现同样的文字还有一种完全不同的断句方法，重新断句之后，变成了这样：

> 道可道，非常道。名可名，非常名。无，名天地之
> 始。有，名万物之母。故常无，欲以观其妙。常有，欲
> 以观其徼。此两者同出而异名，同谓之玄。玄之又玄，
> 众妙之门。

这种断句方法，就把"无名"和"有名"的概念变成了"无"和"有"的概念。这是北宋思想家、政治家、文学家、改革家王安石首创的，司马光、苏辙等人也支持这种断句方法。那么究竟谁更有道理呢？谁更能代表老子的原意呢？相比之下，似乎王安石的断句更加言之有物，现在书店中的《道德经》不少版本也都是这么断的。

如果你有点儿完美主义，遇到事情非要弄个水落石出，到哪里能找到解开谜团的答案呢？《道德经》的帛书本给我们至少提供了一半的答案。帛书甲乙本的原文是这样写的：

道，可道也，非恒道也。名，可名也，非恒名也。无名，万物之始也。有名，万物之母也。故恒无欲也，以观其眇；恒有欲也，以观其所噭。两者同出，异名同谓。玄之又玄，众妙之门。

因为有"也"这个表示肯定的虚词出现，"故恒无，欲以观其眇"的断句方法肯定是错误的，王安石如果能看到帛书本，也不会这么断句了。那么帛书本中的"无名，万物之始也。有名，万物之母也"是否可以断成"无"和"有"呢？从通行本第三十二章"道恒无名……始制有名"可以看出，"无名"和"有名"是老子的专用名词，如果断成了"无"和"有"，那么"名，可名也，非恒名也"就失去了下文，成了有头无尾的"悬案"。应该说，"无名"和"有名"之前都省略了主语"道"，这句话主要是想反映人们对"道"的认识过程，当人们对道一无所知的时候，道是"无名"的，对道产生了认识，并且了解"道"可以通过哪些事物发挥作用，道就"有名"了。由于通行本中将《德经》放在了《道经》之后，缺少了《德经》的铺垫，《道经》的开篇就显得格外突兀。为什么区区几个字的调整，使得我们在感受上存在这么大的差别呢？概括下来，主要有三个原因：

一是避讳现象。为了避讳汉高祖刘邦第四个儿子汉文帝刘恒，把"恒"字改成了"常"字。"常"按照现在的理解，除了含有"永恒"的意思外，更多用来表达"经常""日常""平常"等意思，很显然没有"恒"表达得那么准确。加上通行本含混不清的解释，让人觉得似是而非，不知所云，故弄玄虚。而帛书甲乙本中"道是可以描述的，但道不是永恒不变的"更容易让人接受和理解。

二是通假现象。通行本中用"女字旁"的妙，代替了"目字旁"的眇。两个字音同而义不同，前者是指奇妙，后者是指细小、微小。用双人旁的"徼"，代替了口字旁的"噭"，前者是水流的计量单位，后者是指从一点向广阔的空间扩散。

三是断句方法不同。因为古文没有标点，因此不同的断句方法，就产生了不同的理解。记得小时候，碰到这样一道考题，题目说：一个人到别人家里做客，遇到大雨，主人不想留客，于是写了一副字——"下雨天，留客天，天留，我不留"，客人一看，加了几个标点，这意思就完全变了，这副字被改成了"下雨天，留客天，天留我不？留"。

那么《道经》的开篇，老子想表达的真实意思是什么呢？大致意思是这样的：道可以用来描述，但道处于不断的变化当中，并非永恒不变。道可以被人们所认识，但这种认识也是不断发展变化的。"道"在万物之初还无法描述和认识，当"道"孕育生养万物的时候，通过对万事万物的了解，我们对道也就有了认识和了解。所以说，要用客观的心态去观察那些微观细小的变化，用积极主动的心态去观察宏观现象的发展趋势和变化。不论是"已知"还是"未知",都是"道"的表现,这就是"道"奥妙无穷的地方。从这个角度来理解《道德经》确实有惊世骇俗的感觉,老子用简单的几句话让我们联想起了宇宙大爆炸和受精卵的分裂。难道在两千多年前,老子就洞悉了宇宙和生命的起源了吗? 古人对世界的认知,超过了我们的想象。

第十五章　不言之教

按照帛书本的内容，老子说了这样一段话：

> 天下皆知美为美，恶已；皆知善，訾不善矣。有
> 无之相生也，难易之相成也，长短之相形也，高下之相
> 盈也，音声之相和也，先后之相随也，恒也。是以圣人
> 居无为之事，行不言之教，万物作而弗始也，为而弗恃
> 也，成功而弗居也。夫唯弗居，是以弗去。

这一段内容和通行本大体上保持一致，虽然个别句式上有
点差别，但在句子理解上没有南辕北辙的二义性。

那么这一章通行本的注释是不是理解到位了呢？非也！
由于通行本对《道德经》的受众不清楚，所以在注释上都是
望文生义，没能把握老子想表达的中心思想，导致我们在学
习《道德经》时在"什么是美""什么是善"等问题上纠缠不

清，只有换位思考，站在管理者的角度才能看清老子所想表达的原意。

那么这段话老子想说什么呢？我们用大白话来解释，老子是想告诉管理者：如果你身边的人都对你的行为或决策赞不绝口，没有反对意见，那么你要警惕了，因为任何事情都有好的一面，也有恶的一面，两者是对立统一的，是硬币的两面，这就是我们哲学上讲的矛盾，矛盾是无处不在的。如果对一件事情，大家都说好，那就意味着管理出了问题。很可能，在此之前，管理者已经对这件事情表明了自己的态度和倾向性意见，所以持反对意见的人也就闭口不言了，对管理者来说，这意味着失去了让决策更加科学合理的机会。老子劝诫管理者，要处在一种无私无欲的状态，这样才不会决策失误。

《史记·秦始皇本纪》中曾记载了这样一个故事，秦二世时，丞相赵高野心勃勃，他想了一个办法，准备试一试自己的威望。一天上朝时，赵高让人牵来一只鹿，满脸堆笑地对秦二世说："陛下，我献给您一匹好马。"秦二世一看，心想：这哪里是马，分明是一只鹿嘛！便笑着对赵高说："丞相搞错了，这是一只鹿，你怎么说是马呢？"赵高面不改色心不跳地说："请陛下看清楚，这的确是一匹千里马。"秦二世又看了看那只鹿，将信将疑地说："马的头上怎么会长角呢？"赵高一转身，用手指着众大臣，大声说："陛下如果不信我的话，可以问问众位大臣。"大臣们都被赵高给搞懵了，一些胆小又有正义感的人都低下头，不敢说话，因为说假话，对不起良心，说真话又怕日后被报复陷害。还有一些人立刻表示拥护，纷纷附和，对皇上说"这的确是一匹千里马"。

"指鹿为马"的事看似荒唐，但却经常换个马甲重新出现，这需要管理者始终保持清醒的头脑，善于听取不同的意见，坚持兼听则明的原则。老子的警示，振聋发聩，他的教育方法循循善诱，让人深思。

第十六章　圣人之治

老子说：

> 不尚贤，使民不争。不贵难得之货，使民不为盗。
> 不见可欲，使民心不乱。是以圣人之治，虚其心，实其
> 腹，弱其志，强其骨；常使民无知无欲，使夫智者不敢
> 为也。为无为，则无不治。

这一章的内容，在楚简本中没看到，和帛书本对照后，差别不大。但这一章引起的争议比较大，根据这一章的内容，大家给老子戴上了"愚民"的高帽，对老子的骂声就如滔滔江水，连绵不绝。

我初看此章的时候，也非常困惑："哎呀，老子这是出的什么主意啊，如果这样社会不就退步了吗？"后来，经过仔细研究，才找到了症结所在，原来有两处关键的地方存在通假现象。

一个是"弱其志"中的"志"字，这个字通"智力"的"智"，老子想表达的是弱化老百姓投机取巧的心思，而不是说让老百姓丧失志向。另外一个是"常使民无知"，帛书甲本中是"恒使民无知"，这个"知"也通"智力"的"智"，不是让老百姓没有知识文化的意思，而是说让老百姓没有那么多投机取巧的小心眼儿，始终保持一种质朴的状态。我发现，把"志"和"知"这两个字的意思矫正了，全章就比较顺了，所谓的"愚民"，自然也就荡然无存了。

那么老子说的这个现象，历史上存在吗？存在的，说起来还挺荒唐可笑。在两千年的封建帝制中，向皇帝敬献"祥瑞"是一个屡见不鲜的现象。皇帝需要它证明皇权的合法性，官员百姓需要它晋升牟利。"祥瑞"又称"符瑞"，种类极多，其中"五灵"的等级最高，也就是麒麟、凤凰、龟、龙和白虎，之后则是大瑞、上瑞、中瑞、下瑞。大瑞多为天象，上瑞多是走兽，中瑞则是飞禽，下瑞是植物。唐代之后，祥瑞品种不断增加，铜鼎、铜钟、玉璧等礼器也被列为瑞物，统称"杂瑞"。

西汉时期，董仲舒正式确立了天人感应理论，认为"天"有意识，可以看到世间一切。若君王无道，天降灾异；若君王有德，天降祥瑞以褒奖。宋理宗年间，民间有一位叫作童冠武的普通百姓声称抓到了一只通体雪白的麒麟，要求进献给皇帝。理宗收下白色麒麟后，重赏了童冠武，并表扬了当地官府，还命人开坛设庙，以谢麒麟恩德。然而好景不长，有一天宫里的太监突然跑来告诉宋理宗，这白麒麟突然变黑了，宋理宗不信，立马跑过去一看，只见这麒麟通体雪白的颜色全都不见了，露出的都是黑灰色，分明是只鹿嘛。愤怒之下，宋理宗派人将童冠武抓起来，不久便处斩抄家了，当地的官员也受到了严厉的处罚。从现在科学的角度来看，那只白色麒麟应该是一只患了白化病的鹿，后来这鹿自己康复了，就露出了原形。

大明永乐十二年（1414 年），贡使来朝，他们送来了一种比较奇特的动物，"前足高九尺，后六尺，颈长丈六尺有二，短角，牛尾，鹿身"。动物一上岸，就有好事者大呼："这不就是麒麟吗？"于是官员们激动了，翰林院沈度写下《瑞应麒麟颂》，永乐帝也心花怒放，他命宫中画师画了一幅《明人画麒麟沈度颂》，以传后世。今天我们终于看到了这只麒麟的真容——就是一头长颈鹿。

以祥瑞为工具，谋取利益，或当成政绩的现象一直没有停歇。因为"祥瑞"能够获利，所以"祥瑞"成为历史上最严重的造假灾区。《清史稿》里的关于"祥瑞"的记录数不胜数，每个皇帝出生时都有异征。五色祥云的祥瑞，自顺治至乾隆年间共出现 36 次。顺治至康熙年间，真龙则出现了 24 次。清亡之后，祥瑞并未随之消亡。袁世凯复辟时，江西宜昌一具早就存在的无头恐龙化石被写进游记，发表于杂志，当地官员还电告北京，称"有了祥瑞，石龙现身"。更荒唐的是，北京周边闹了蝗虫，有官员说捕来的蝗虫头上都有"王"字。

笑谈之后，我们来说说老子想表达的本意。老子在这一章中想表达的是，管理者不要对事物有所偏好，因为这样，下属会投其所好，这样往往使小人得志，民心大乱。要当一个好的管理者就要在满足大家基本物质生活需要的基础上，让大家回到那种民风淳朴的状态，让那些善于耍小聪明的人没有市场和空间，如果达到这种状态，就没有什么解决不了的难题了。至于老子追求的这种社会状态是否能实现，就仁者见仁，智者见智了。

第十七章　有容乃大

老子用一种中空的容器来形容道的形态，在《道德经》里有以下几句话。

第一句话：

> 道冲而用之，或不盈。渊兮似万物之宗。挫其锐，解其纷，和其光，同其尘，湛兮似或存。吾不知谁之子，象帝之先。

这句话中的"挫其锐，解其纷，和其光，同其尘"与通行本第五十六章的部分内容完全相同，有的专家认为这里是抄书人抄错了章节，因为这句话和上下文的意思不完全相符。那么这句话讲什么呢？主要讲了两点：一是道的形态，老子把道比喻成一个中空的容器，这个容器就像机器猫哆啦A梦的口袋，孕育着万物。二是道出现的时间，既然道看不见摸不着，那道是什么时候就存在了呢？老子认为比天帝出现的要早。也就是说，在宇宙正式形成之前，这套规则可能已经设计好了，这是多么奇妙的一件事，老子的这种视野让人惊叹。美国有部大片叫《普罗米修斯》，影片对人类的起源表达了一个另类的观点，那就是人类是外星人设计制造出来的。在中国古代的传统神话故事当中，人类是由女娲制造出来的，而女娲是人面蛇身，她的哥哥伏羲也是人面蛇身，那么华夏民族的造物主是不是也是外星人呢？大笑之后，值得我们深思，不管人类的造物主是谁，但在人类出现之前，有些规则，恐怕早就设计好了，就像我们发展人工智能、设计机器人一样。

第二句：

> 天地不仁，以万物为刍狗。圣人不仁，以百姓为刍狗。天地之间，其犹橐龠乎？虚而不屈，动而愈出。多言数穷，不如守中。

这句话在楚简本中没有出现，是否是后人增补的不得而知。这段话的头两句，让我们多少有些不舒服，经过对多个版本的比较和思考，我个人认为老子想表达的是：天地和圣人遵循的是道，按照天道行事，是不求回报的。刍狗是草扎的狗，代替真正的祭祀用品，用来表达人类对上天的恭敬而已，价格比祭祀的狗、牛、羊等家畜低得多，那么老天爷对祭祀品究竟是

"真狗"还是"刍狗"介意吗？应该说是不介意的。所以，我个人认为，如果理解成天地和圣人面对百姓疾苦，不讲仁义、麻木不仁是有失偏颇的。

也有学者认为，不用把老子的话过度美化，这话虽然残酷，但却让人清醒。之后，老子再一次用比喻的手法说出了道的形态，道像什么呢？道像一个鼓风用的皮口袋，越鼓动，风越大，因此在道的面前，无须多言，守住中道即可。

第三句话：

> 谷神不死是谓玄牝。玄牝之门是谓天地根。绵绵若
>
> 存，用之不勤。

这句话，是老子反复用比喻的手法，讲述道是什么样的。这一次，更加生动，老子说道就像雌性动物的子宫，能孕育各种生命。

第四句话：

> 天长地久。天地所以能长且久者，以其不自生，故
>
> 能长生。是以圣人后其身而身先，外其身而身存。非以
>
> 其无私邪！故能成其私。

这句话非常经典，是开启人生幸福密码的金钥匙。我个人

认为，这句话也是对"天地不仁，以万物为刍狗。圣人不仁，以百姓为刍狗"的一种补充解释。老子认为，天长地久，主要是因为它不为自己而生，所以圣人也要效仿天道，无我利他，只有这样，才能有更多的人来帮助你，成就你，你才能成为真正的领导者。

不管道是像山谷、像皮口袋，还是像雌性动物的子宫，都是中空的容器。俗话说有容乃大，这个"大"就是"道"。管理者要包容别人的梦想，才能成就自己的梦想。

第十八章　上善若水

　　不知道大家中学读书的时候，有没有这样的感受，学习经典的作品，语文老师都是逐字逐句地分析。前段时间，我看了一个不是笑话的笑话，对鲁迅先生的文章，中学的语文老师都是逐字逐句分析的："同学们，为什么鲁迅先生用这两个字，而不用那两个字呢？因为这两个字恰如其分地表达了鲁迅先生丰富的内心世界，这两个字是多么的精妙。"后来才得知，鲁迅先生没那么多弯弯绕，只不过说了一句本地方言而已。所以呢，读《道德经》，我们也不能掰得太碎了，否则吃到嘴里全是渣，以至于吃的是什么都搞不清楚了。《道德经》里有很多名言，其中颇受人们喜欢的就是"上善若水"。老子的原话是这么写的：

　　　　上善若水。水善利万物而不争，处众人之所恶，故几于道。居善地，心善渊，与善仁，言善信，政善治，事善能，动善时。夫唯不争，故无尤。

可以说，人们对水的喜爱是超乎寻常的。我还记得有人这样分析过水，说水具有力量性，能够以柔克刚，持之以恒就能做到水滴石穿；水具有可塑性，装在什么样的容器里就能变成什么样；水具有灵活性，遇到石头就漫过去，遇到高山就绕过去。老百姓发自内心的喜欢水，水是生命的源头，那么老子这句话而是否要告诉大家，要与世无争，随遇而安，做个心存善念、不得罪人的老好人呢？非也。老子这句话不是写给老百姓的，而是写给那些身居高位的管理者的。老子告诉管理者，水的特性和道非常相似，水不与人争利，却往往主动放低姿态，要心存善念，互助友爱，言而有信，勤政务实，正能量十足。不去争取那些额外的利益，这样就不会患得患失，避免遇到祸端。

那么管理者如果不这么做呢？老子又苦口婆心地说了下面的话：

> 持而盈之不如其已；揣而锐之不可长保；金玉满堂莫之能守；富贵而骄，自遗其咎。功遂身退，天之道也。

意思是：如果水盛得太满，就会洒出来，不如适可而止。如果把宝剑磨得过于锋利，就很容易出现豁口或者折断。哪怕是金玉满堂，也终将守不住。富贵而骄横，将自埋祸殃。不要去追求利益的最大化，功成身退，是最应该奉行的行为准则。所以，从这个角度来说，上善若水，不是我们遇到困境时麻痹自己的良药，而是功成名就之后需要服用的镇静剂。所以，小伙伴们，要在合适的时间吃合适的"药"，吃错了"药"，不仅不能治病，还对身体有害。

如果说我们一定要向水学习，并从中悟道的话，我觉得要像水一样持之以恒，有可塑性和灵活性。只有这样，当我们遇到困境时，才会"山穷水尽疑无路，柳暗花明又一村"。

第十九章　无即是有

　　《道德经》对今天的我们来说，还是多少有些枯燥的，如果我们用心体会，并加以适当地想象，便可在《道德经》中体悟到作者的情绪变化，这种情绪变化就好像是在和一个人对话和辩论，老子面对激烈的质疑，在文中做出了答复。《道德经》里是这样记录的：

　　　　载营魄抱一，能无离乎？专气致柔，能婴儿乎？涤除玄览，能无疵乎？爱民治国，能无知乎？天门开阖，能无雌乎？明白四达，能无为乎？生之、畜之，生而不有，为而不恃，长而不宰，是谓玄德。

　　前者是连珠炮式的自我提问，后者是淡定从容的回答。提问者的意思是："强调魂魄合一，难道就没有缝隙吗？追求返璞归真，难道能和婴儿相比吗？想要内心高洁，难道就没有瑕疵吗？期望国泰民安，能不用心治理吗？世界无时无刻不在变化，什么都不做能行吗？要能够明理通达，我们坚持无为能做到吗？"老子很无奈，因为这些世俗的问题，不断被人提起，提问者往往无法理解他的用心，老子用自问自答的方式做了回答："生养万物，而不据为己有，作为万物的首领，却不主宰他们，这就叫作玄德。"看到这里，大家有没有和我一样，心里咯噔一惊，老子想对话的那个人究竟是谁呢？

很显然，"玄德"二字并没有让提问者满意。老子又苦口婆心地解释了下去，他说：

> 三十辐共一毂，当其无，有车之用。埏埴以为器，当其无，有器之用。凿户牖以为室，当其无，有室之用。故有之以为利，无之以为用。

意思是："三十根辐条围绕着车毂形成车轮，正因为有车毂中间的空间，车轮没有那么重，车才能够使用。用水和泥土制成的陶器，正因为是中空的，器皿才能够使用。在墙壁上开凿窗户和门窗，房屋内的空间才可以用。所以说，强调'有'只是提供了一个可以利用的器物，追求'无'才形成了器物真正的价值。"这段论述，可以说精彩纷呈，世人通常紧盯着"有"，却往往忽略了"无"的价值。我们常说一句话，有的人有钱没时间，有的人有时间没钱，还有的人是既没钱也没时间，"舍得"就是要有"舍"才有"得"。

不管老子对面的这位大人物有没有听懂，反正我是听懂了。对于大人物来说，要谨言慎行，因为乱作为比不作为的破坏性要大得多。对于普通公民来说，还是要积极进取，因为生活真的不容易。

第二十章 欲望之害

　　问大家一个问题："有欲望是好事还是坏事？"我们说人民群众对美好生活的向往，就是一种欲望，或者说是一种期望，这当然是好的了，这是我们推动社会不断前进的最大动力。那么老子在这方面有什么样的观点呢？

　　老子说：

　　　　五色令人目盲，五音令人耳聋，五味令人口爽，驰
　　　　骋畋猎令人心发狂，难得之货令人行妨。是以圣人，为
　　　　腹不为目，故去彼取此。

　　很显然，老子所提到的"五色""五音""五味""驰骋畋猎"和"难得之货"都是指某种欲望，泛指好看的、好听的、好吃的、好玩的等各种享受，以及价值不菲的贵重物品。这里的"口爽"并不是我们现在理解的意思，而是说各种美味以至

于让人失去了味觉。老子觉得过度追求欲望的满足是有害处的，当然这不是针对普通百姓的，而是圣人，也就是掌握权力的管理者，老子劝诫管理者要克制过度的欲望，保持质朴的本色。为什么呢？因为掌握权力的人如果不控制自己的欲望，对社会的危害实在太大。历史上这样的事情屡见不鲜。商纣王为了享乐，搞了一个酒池肉林，最终民怨沸腾，自己自焚于鹿台；齐桓公追求美味，想吃人肉，他的厨师易牙杀了自己的儿子，给他做美食，最终齐桓公被易牙等人锁在宫中活活饿死；北宋权相蔡京喜欢吃雀舌羹，后厨每日杀雀百只，用于下厨的雀舌装在坛子里，堆满了整个仓库，最后蔡京被罢免，回乡路上虽然带有不少钱财，但百姓却不愿意把饭菜卖给他，最终病饿而死。这些历史故事或传说，让人不寒而栗，虽然恶人终将遭到恶报，但给社会带来了动荡，给百姓带来了灾难，教训非常惨痛。

　　如果我们抵挡不住花花世界的诱惑，又会怎么样呢？老子又说了这样一段话：

　　　　宠辱若惊，贵大患若身。何谓宠辱若惊？宠为下。得之若惊，失之若惊，是谓宠辱若惊。何谓贵大患若身？吾所以有大患者，为吾有身，及吾无身，吾有何患？故贵以身为天下，若可寄天下。爱以身为天下，若可托天下。

这段话是什么意思呢？老子说，如果被金钱和物质所诱惑，就会患得患失，得到了心里一惊，失去了心里也是一惊，这叫宠辱若惊，时间长了，对身体是个折磨，对健康无益。怎么理解"宠辱若惊"这种感觉呢？就像股市，一天之内，上半天暴涨，下半天猛跌，让股民感觉就像乘坐过山车，患得患失，宠辱若惊。有媒体报道，有人炒股炒成了精神病。有专家说，长期炒股，容易得心理障碍、脑出血、肠胃病等疾病。老子对这种类似的情况开出了养生的药方，那就是"为腹不为目"，也就是说让我们向内心的良知去求，而不是向外追求那些纸醉金迷和浮光掠影。接着，老子对自己的话做了一个分析：如果你不为自己，放弃个人私利，而为了天下，那就不会患得患失了。当然，我觉得要达到老子所说的这个境界，不仅要认识到位，还需要我们具备足够的能力。但老子的这个观点，却是揭开人们幸福本源的金钥匙。俗话说：我为人人，人人为我。可能拥有再多的财富，也买不来这样的小小幸福，相信一些做公益的朋友，比我更有体会。我听过一个讲座，这位讲课的哥们儿参加了一个公益组织，在地震灾害发生后，他们在贫困山区救助了一个孩子，结果整个村子的村民都对他们饱含敬意，这种价值感和满足感是常人无法体会的。

第二十一章　虚极守静

老子说：

　　视之不见名曰夷。听之不闻名曰希。搏之不得名曰微。此三者不可致诘，故混而为一。其上不皦，其下不昧，绳绳不可名，复归于无物。是谓无状之状，无物之象，是谓惚恍。迎之不见其首，随之不见其后。执古之道，以御今之有。能知古始，是谓道纪。

　　那么老子想说什么呢？老子的意思是："道"是看不见、听不到、摸不着的，道是无形无相的，道是浑然一体、宽广博大的，迎着它，我们看不见它的头，跟着它，也看不见它的尾。把握"道"，就能驾驭现实。认识了解宇宙的初始，就能认识"道"的规律。

　　那么悟道之人是什么样的呢？老子做了这样的描述：

古之善为士者，微妙玄通，深不可识。夫唯不可识，故强为之容。豫兮若冬涉川；犹兮若畏四邻；俨兮其若客；涣兮其若冰之将释；敦兮其若朴；旷兮其若谷；混兮其若浊。孰能浊以静之徐清？孰能安以动之徐生？保此道者不欲盈。夫唯不盈，故能蔽而新成。

在老子看来，一般人不太容易理解悟道之人的行为方式，悟道之人做事小心谨慎，就像冬天过冰河；他警觉戒备，就像强敌环伺；他恭敬郑重，就像对待贵宾；他洒脱自如，就像冰块缓缓消融；他纯朴厚道，就像没有经过加工的原料；他内心豁达，就像深幽的山谷；他浑厚宽容，就像浑浊的河水。谁能让浑浊的水慢慢变得清澈？谁能让荒凉之地重获新生？得"道"之人不去追求那所谓的圆满，正因为这样，才能够坦然面对生活。有位朋友说过一句话，让我印象深刻，他说"残缺是生活的本质"，这句话尽管有些残酷，但却让我产生一种醍醐灌顶的感觉，我们每个人要认识并接受这样的现实是非常不容易的，需要修行。

老子认为得道之人敦厚朴实，拥有良好的人格修养和心理素质，静极而动，动极而静，是一种质朴的状态。那么得道之人为什么是这种状态呢？老子说：

致虚极，守静笃。万物并作，吾以观复。夫物芸芸，各复归其根。归根曰静，是谓复命；复命曰常，知常曰明。不知常，妄作凶。知常容，容乃公，公乃王，王乃天，天乃道，道乃久，没身不殆。

这段话的意思是：要保持虚空清净的状态，才能观察万物往复的规律，发现事物的本质，也就是文中所说的"归根"。认识了规律就能够活得明明白白，如果不按照规律办事，往往会带来麻烦和灾祸。认识和把握规律的人，往往坦然公正，公正就能周全，周全才能符合"道"，符合道才能长久，才不会遭遇危险。从这个角度来看，老子所强调的致虚守静，既是一种方法论，更是一门功夫。"致虚极"是要人们排除物欲的诱惑和周边环境的影响，真正让自己的内心世界静到极点；"守静笃"是指排除外界干扰后那种状态，空灵到了极点，这是一个至真至纯的世界，在这种状态下人们才能找到本心，才能真正认识到什么是"道"。致虚守静在特定的环境下做到不难，但是要想大隐隐于市，在世俗的世界当中，时刻保持心静如水，并不容易。需要我们在事上不断磨炼，遇到事不慌乱、不盲从，辨清前进的方向，学会对生活做减法，活得更加纯粹和真实。明朝的一代圣贤王阳明，就是通过这样的方法，在龙场悟道，提出了"致良知"的核心观点。这方面的内容，我们点到为止，本书的第三部分会展开来讲。

第二十二章　不知有之

在《道德经》中，有几章的内容被世人误解的特别多，有些误解甚至扭曲了老子的真实面貌，让众人感觉老子像个愤青，对现实牢骚满腹，愤愤不平。通行本第十七章中，老子说：

> 太上，下知有之；其次，亲而誉之；其次，畏之；
> 其次，侮之。信不足焉，有不信焉。悠兮其贵言。功成
> 事遂，百姓皆谓"我自然"。

这段话描述了管理的四个层次：最好的管理者，人们依稀知道他的存在；次一等的管理者，人们亲近并赞誉他；再次一等的管理者，人们畏惧他；最次一等的管理者，人们蔑视他、辱骂他。管理者自身诚信不足，人们才不相信他，优秀的管理者往往让人感觉悠闲自在，从不轻易发号施令，却能建功立业，以至于人们察觉不到他的存在，都说"我们本来就是这样的"。

老子的这段话，堪称经典的 EMBA 课程。无论是治理国家还是管理一个企业，管理者所期望达到的目标都是老子所说的第一层次，即用公开透明的制度来管理人，每个被管理者都有着清晰的预期，每个成员都能够自觉遵守，维护管理制度的严肃性，这样管理成本会大大下降，执行效率会大大提高，同时公平公正也有了刚性的保障，这就是我们常说的以"法治"代替"人治"。当然了，这里还有一个非常重要的前提，不管是制度还是法律，都必须符合道，与大道相悖的制度不仅达不到预期的管理目标，还会极大透支管理者的信用，导致群众用脚投票。

那么"道"真有那么重要吗？老子说了一句让人匪夷所思的话。通行本中第十八章是这样说的：

> 大道废，有仁义；智慧出，有大伪；六亲不和，有
> 孝慈；国家昏乱，有忠臣。

这句话读后让人困惑不解，老子是糊涂了吧，怎么说出这种自相矛盾的话呢？通行本的注释，让人觉得是费尽心思自圆其说，读后仍然觉得是一半清醒，一半醉。注释是这样写的："大道被废弃了，才有提倡仁义的需要；聪明智巧的出现，伪诈才盛行一时；家庭成员之间不和睦，才会提倡孝与慈；国家陷于混乱，才会出现忠臣。"这一注释，用现在的话来说，有点儿走极端。当我们看到帛书本和楚简本时，仿佛阳光照进心底，

心中的乌云被狂风一卷而空。老子并没有拐弯抹角、阴阳怪气，而是愤世嫉俗、大声疾呼，他说：

> 故大道废，安有仁义；智慧出，安有大伪；六亲不和，安有孝慈；邦家昏乱，安有贞臣。

老子的原意是说："大道废了，怎么还能有仁义？六亲不和，怎么还能有孝慈？国家昏乱，怎么还能有忠臣？"从这句话中，我们可以看出老子并没有把"道"和"仁义"两者对立，而是强调"道"在上层建筑中所发挥的基础性作用。所以说，抄书的人注意力不集中，丢字落字，少抄了一个"安"字，就把反问句变成了陈述句，导致意思完全相反，这一错不知让老子背了多少骂名。

下面还有一句话，更加离谱，在错误的理解方向上，又更进一步。有的人据此认为，老子是在批评儒家，道家和儒家彼此不合，相互争斗。那么究竟是什么样的言论产生了这样的误解呢？通行本上是这样写的：

> 绝圣弃智，民利百倍；绝仁弃义，民复孝慈；绝巧弃利，盗贼无有。此三者，以为文不足，故令有所属；见素抱朴，少私寡欲。

通行本是这样注释的："杜绝聪明，抛弃智慧，百姓可以得到百倍的好处；抛弃仁义，百姓可以恢复孝慈的天性；杜绝机巧，抛弃财货，盗贼可以自行绝迹。这三者全是巧饰，作为治理社会的法则是不够的，所以要使人们的思想认识有所归属，保持纯洁朴实的本性，减少私欲杂念。"

看完原文和注释，不知道大家是否和我一样，头脑里升起了一个大大的问号？"绝圣弃智""绝仁弃义""绝巧弃利"，老子怎么好似灭绝师太一般，这么冰冷和无情呢？宋代理学家朱熹曾认为老子的心最毒。历史总会清者自清，考古工作者还了老子一个清白，在出土的楚简本当中，大家清晰地看到，老子并没有反对仁义，原话是："绝智弃辩，民利百倍；绝伪弃虑，民复孝慈"，老子批判和反对的是小聪明和权臣谋士喋喋不休的争论，以及世间那些虚伪的表现和过度的私心，和批判仁义没有"半毛钱"关系，这明显是后人对原著的篡改。人怕出名猪怕壮，这小小的篡改究竟是为了什么？是为了借老子之言攻击别人，还是抹黑老子，故意误导，那就不得而知了。

第二十三章　得道之人

老子用自画像的方式，描述了得道之人的形象。老子说：

> 绝学无忧。唯之与阿，相去几何？美之与恶，相去若何？人之所畏，不可不畏。荒兮，其未央哉！众人熙熙，如享太牢，如春登台。我独泊兮，其未兆，如婴儿之未孩；傫傫兮，若无所归。众人皆有余，而我独若遗。我愚人之心也哉，沌沌兮！俗人昭昭，我独昏昏。俗人察察，我独闷闷。澹兮，其若海；飂兮，若无止。众人皆有以，而我独顽以鄙。我独异于人，而贵食母。

在这段话里，出现了两个截然不同的画面，第一个画面是众人熙熙攘攘、兴高采烈，就好像是参加盛大的宴席，在春天里登台眺望美景，每个人都在向别人炫耀着自己的身份、地位和财富，生怕别人小看了自己。而第二个画面呢？一个老者独自坐在僻静的一角，他淡泊宁静，疲倦闲散，对眼前这些景象无动于衷，就好像是一个不会嬉笑的婴儿，或者是一个没有归宿的浪子。老子说，为什么世人都精明灵巧有本领，唯独我愚昧而笨拙呢？我唯独与人不同的地方，就在于得到了"道"。所以说，悟道之人，不在意别人的恭敬或者呵斥，也不在乎别人口中的赞美或者批评，唯独对"道"保持着一颗敬畏之心，这是一种"大德"的状态。

那么"道"究竟是什么呢？它有什么奇妙之处呢？老子接着说：

> 孔德之容，惟道是从。道之为物，惟恍惟惚。惚兮恍兮，其中有象；恍兮惚兮，其中有物；窈兮冥兮，其中有精，其精甚真，其中有信。自今及古，其名不去，以阅众甫。吾何以知众甫之状哉？以此。

这段话的意思是：大德的形态，是由道所决定的。"道"这个东西，没有明确清晰的固定实体。它是那样的恍恍惚惚啊，其中却有形象。它是那样的恍恍惚惚啊，其中却有实物。它是那样的深远暗昧啊，其中却有精气，这精气是最真实的，而且是可以验证的。依据道才能观察万物的初始。这段话里面提到了三个概念：第一个是象，第二个是物，第三个是精。这三个概念视角不同，一个属于宏观，一个属于中观，最后一个属于微观。就好比是从银河系看到太阳系，最后聚焦到了地球上的微小生命体。银河系看不太清楚，只是一团星云，所以这是象；到了太阳系，通过望远镜可以观测到各大行星，这叫作物；从外太空观察地球上的人类活动，按照古人天人合一的理论，每个人都好比是一个小宇宙，这就称为精。这是一个洞穿世界万物的视角，让人多么惊叹！

那么悟道之人为什么会给人一种愚笨的感觉呢？老子说：

> 曲则全，枉则直，洼则盈，敝则新，少则得，多则惑。是以圣人抱一为天下式。不自见，故明；不自是，故彰；不自伐，故有功；不自矜，故长。夫唯不争，故天下莫能与之争。古之所谓"曲则全"者，岂虚言哉？诚全而归之。

这段话的意思是：委曲反而能保全，弯屈反而能伸直；低洼反而能充盈，陈旧反而能出新；少取反而会多得，贪多反而会迷惑。所以圣人坚守道的原则，不自我表扬，不自以为是，不自我夸耀，不自高自大，反而能够长久。正因为不与人争，所以遍天下没有人能与他争。古人所说的"委曲反而能保全"怎么能是空话呢？因为它是实实在在能够做到的。其实啊，这样的理儿，老百姓都懂，老百姓用了一句大白话——"吃亏就是占便宜"，把道的运行规律给说清楚了，所以我们常说，做人要谦虚，这不仅仅是为了保持一个温文尔雅的君子形象，而是老祖宗按照大道的指引，留给我们的一种智慧。

第二十四章　道法自然

《道德经》里的一些语言，稍加想象就颇有画面感，我们这里尝试着想象这样一个场景。老子在循循善诱地教导一个人，那么这个人是谁呢？老子说了什么呢？让我们共同穿越时空，来到两千多年前，那个诸侯称霸的时代。

在一个宽阔的大殿里，一位气度不凡的中年人正在大发雷霆，他愤怒地将桌上的竹简狠狠摔向地面，竹简瞬间散落一地。边上一位老者，上前一步，作揖说道：

希言自然。故飘风不终朝，骤雨不终日，孰为此者？天地。天地尚不能久，而况于人乎？故从事于道者，道者同于道；德者同于德；失者同于失。同于道者，道亦乐得之；同于德者，德亦乐得之；同于失者，失亦乐得之。信不足焉，有不信焉！

这段话是什么意思呢？大致的意思是："金口玉言，不轻易发号施令是对的，狂风也坚持不了一个上午，暴雨也坚持不了一整天，何况是人呢？所以，追寻道的人应该明白这个道理，依照道办事的人，就应当与道相合，依照德办事的人，就应当与德相合，不依照道德原则办事的人，就是失道、失德。符合道的人，道也乐于帮助他；符合德的人，德也乐于帮助他，反之则反。诚信不足，才会有人不信任。"

　　看到案几后的这位中年人怒气有所收敛，但却始终沉默不语，老者继续说道：

　　　　企者不立，跨者不行；自见者不明；自是者不彰；
　　自伐者无功；自矜者不长。其在道也，曰：余食赘形。
　　物或恶之，故有道者不处。

　　意思是：踮起脚跟，反而站立不久；阔步而行，反而走不快。喜欢自我表现，反而不能声名显扬；自以为是的人，反而不能彰显是非；自我夸耀的人，反而不能建立功勋；自高自大的人，反而不能长久。从道的角度看，以上这些，就像剩饭和赘瘤一样，让人厌恶，因此有道的人决不会这样做。

　　中年人终于开口了，"道"真有这么重要吗？老者昂首阔步，大声说道：

　　有物混成，先天地生。寂兮寥兮，独立不改，周行而不殆，可以为天地母。吾不知其名，强字之曰道，强为之名曰大。大曰逝，逝曰远，远曰反。故道大，天大，地大，人亦大。域中有四大，而人居其一焉。人法地，地法天，天法道，道法自然。

　　这段话气定神闲，中气十足，振聋发聩，余音绕梁三日。这段话的意思是：有一个东西浑然一体，在天地形成以前就已经存在了。我们既听不到它的声音，又看不见它的形体，它独立存，永恒不变，循环往复，永不停息，它可以作为万物的根本。我不知道它的名字，所以勉强把它叫作"道"，再勉强给它起个名字叫作"大"。它广大无边而又运行不息，运行不息而又广阔辽远，广阔辽远而又返璞归真。所以说道大、天大、地大，人也大。宇宙间有四大，而人居其中之一。人取法于大地，大地取法于苍天，苍天取法于"道"，而道则出于自然。

　　打开《道德经》的帛书本，经过对比，我们发现，帛书本与通行本之间有小小的差异。通行本中的"人"字，而在帛书本中是"王"字。帛书本中是这样写的："道大、天大、地大、王亦大。国中有四大，而王居其一焉。"站立于天地之间的，不是普通人，而是贵为天之骄子的王。按照当今的价值观，我们相信这样一句话——历史是人民创造的，那么王呢？王在历史的谱写中发挥着什么样的作用呢？一个王能否改写历史呢？我们说领导者同样是人民的一分子。由于领导者的出现，可能在某个阶段改变了历史，但从更长的周期来看，谁也不能阻挡历史的车轮滚滚向前，这就叫作道法自然。

第二十五章　知雄守雌

在《道德经》中，老子对领导者提出了三条忠告，具体是哪三条忠告呢？对我们普通人有没有什么启发呢？

第一条，戒骄戒躁。老子说：

重为轻根，静为躁君。是以君子终日行不离辎重。

虽有荣观，燕处超然。奈何万乘之主，而以身轻天下？

轻则失根，躁则失君。

意思是："君王啊，遇到事情，千万不能急躁，不能脱离实际，要冷静，一个拥有雄兵百万的大国君主，怎么可以用轻率躁动的态度来治理天下呢？轻率就会失去根本，急躁就会丧失主导权。"

2018年，中美之间爆发了历史上最大规模的贸易摩擦。面对美国所谓的极限施压，中国岿然不动，坚定维护自己的核心利益，有礼有节，以斗争促和平。谁将成为最后的赢家？毛主席在诗词中说过，"数风流人物，还看今朝"。对于我们普通人来说，遇事不急不躁，就能够避免做出错误的判断，在解决问题的过程中，有效避免风险的发生。就像歌曲里唱的，"家是最小国，国是千万家"。每个家庭里面也有顶梁柱和主心骨，作为家庭成员，我们也需要具备这样的品质。

第二条，知人善用。老子说：

> 善行，无辙迹。善言，无瑕谪。善数，不用筹策。善闭，无关楗而不可开。善结，无绳约而不可解。是以圣人常善救人，故无弃人。常善救物，故无弃物。是谓袭明。故善人者，不善人之师。不善人者，善人之资。不贵其师，不爱其资，虽智大迷，是谓要妙。

意思是：善于行走的，不会留下车辙，为什么会没有车辙呢？是因为沿着别人的车辙走，比较省力。此外，善于言谈的，没有过失；善于计算的，用不着筹码；善于锁门的，不用门闩；善于捆绑的，不用绳索。因此，好的领导者总是努力做到人尽其才，物尽其用。如果不懂得学习别人的长处，规避别人的短处，自以为聪明，那就是个糊涂虫啊。对于我们普通人来说，遇到事情，看看别人怎么解决的，吸收别人的优点和长处，借鉴别人的经验和教训，能让自己的人生更顺畅，这也是一种大智慧。

第三条，谦虚包容。老子说：

> 知其雄，守其雌，为天下谿。为天下谿，常德不
> 离，复归于婴儿。知其白，守其黑，为天下式。为天下
> 式，常德不忒，复归于无极。知其荣，守其辱，为天下
> 谷。为天下谷，常德乃足，复归于朴。朴散则为器，圣
> 人用之，则为官长。故大制不割。

意思是：虽然知道自己强大，但是我们不称霸，不欺负别人，要像天下的川谷一样，包容万物。按照天道行事，才能让世界重新回复到质朴纯真的状态，才可以成为百官之长，制度不能与大道相互割裂。

从这个角度来看，我们就可以理解，为什么我们国家反复对外宣讲，中国永远不称霸，中国不首先使用核武器。因为，我们真的是一个大国，一个拥有强大军事力量、经济总量排世界第二的大国。为什么西方国家拼命宣传"中国威胁论"？第一是真的害怕，第二是别有用心，要通过制造舆论，合纵连横，共同遏制中国崛起。美国总统提出"美国优先"，这是极端的自私和利己主义，是滥用霸权的表现，这和中国提出的"共建人类命运共同体"的倡议背道而驰，可以预计这个世界并不太平，局部冲突和各种摩擦会不断发生，重建"朋友圈"

的事情也会屡见不鲜，因此知雄守雌是治国理政的大智慧，对于我们普通人来说，如果想多一些朋友，少一些敌人，也要这样做。

第二十六章　天下神器

　　战争是残酷无情的，两千多年前，老子是怎样看待战争、评价战争的呢？春秋战国时期，诸侯割据，战争频繁，诸侯王们为了扩大地盘，扩充实力，经常发动战争。为了躲避战乱，老百姓经常流离失所，饱受战争之苦。老子站在人民的一侧，反对战争。那么，老子是怎么论述和劝诫的呢？老子说：

　　　　将欲取天下而为之，吾见其不得已。天下神器，
　　不可为也，为者败之，执者失之。故物或行或随、或
　　歔或吹、或强或羸、或挫或隳。是以圣人去甚，去奢，
　　去泰。

　　意思是：把征服天下作为人生目标，我看是做不到的。天下就如神器一般，不能让人为所欲为，为贪婪的欲望而为，必定遭遇失败。执迷不悟者，一定会失去天下。世界是多元并存

的，有独行的，也有群居的；有热血的，也有冷血的；有强大的，也有赢弱的；有天上飞的，也有水中游的。因此，悟道的领导者要除去那种极端、奢侈、过度的要求。

老子说的这段句话有没有道理呢？历史证明确实如此，人类历史上曾今发生过两次世界大战，这两次大战，可以说是血流成河，尸横千里，就如绞肉机一般，造成了大量平民的伤亡。第一次世界大战伤亡人数达 3000 万，第二次世界大战伤亡人数达 1.9 亿，其中中国伤亡约 1800 万，是亚洲的主战场。日本在侵华战争中扬言，要在三个月内灭亡中国，结果随着战线拉长，陷入了战争泥潭，最终落得了战败的命运，战犯被送上了绞刑架，这就是贪婪的下场。

老子又说：

> 以道佐人主者，不以兵强天下。其事好还。师之所处，荆棘生焉。大军之后，必有凶年。善有果而已，不敢以取强。果而勿矜，果而勿伐，果而勿骄，果而不得已，果而勿强。物壮则老，是谓不道，不道早已。

这段话的意思是：君主要按照"道"的原则行事，不要沉迷于用武力征服天下。穷兵黩武，必然会得到报应。军队所到的地方，荆棘横生，大战之后，田地荒芜。善于把握的君主，要适可而止。不用武力逞强，不自以为是，不自我夸耀，达到目的却不长期占为己有。事物强盛过了头，就会走向衰退，逞强是不符合"道"、不合乎"道"的东西，很快就会消亡。

说到武力，我们继续聊聊战争。美国在第二次世界大战之后，成为世界头号强国，野心膨胀，在朝鲜半岛和越南挑起战火，在朝鲜战场上以美国为首的联军被中国军队打回了三八线。在越南战场上，美国军队南打北炸，中国为越南提供了大量的军事和物资援助，使美军遭遇了前所未有的伤亡，由于美国国内的反战浪潮，美国最终无奈撤兵，从而宣告美军在越南战场上的军事侵略彻底失败。

老子还说：

夫佳兵者，不祥之器，物或恶之，故有道者不处。君子居则贵左，用兵则贵右。兵者，不祥之器，非君子之器，不得已而用之，恬淡为上。胜而不美，而美之者，是乐杀人。夫乐杀人者，则不可得志于天下矣。吉事尚左，凶事尚右。偏将军居左，上将军居右。言以丧礼处之。杀人之众，以悲哀泣之，战胜以丧礼处之。

这段话的意思是：用兵打仗，不是什么好事，人们都厌恶它，所以有道的人不使用它。君子平时以左边为贵，而用兵打仗时则以右边为贵。用兵打仗是不吉利的事，军队和兵器只有万不得已时才会使用它，胜利了也不要自鸣得意，要淡然处之。

如果喜欢动用武力，那就是喜欢杀人，凡是喜欢杀人的人，就不可能得志于天下。吉事以左为尊，丧事以右为尊，因此在军队中，偏将军居于左侧，而真正领军的上将军居于右侧，这种规定就是要以丧礼的仪式来对待出兵打仗的事情。战争中杀人众多，要以悲哀的心情来缅怀他们，打了胜仗，也要以丧礼的仪式去对待胜利。

这段话说明，老子对春秋战国时期部队排兵布阵的礼仪非常了解，春秋时期的战争本质上属于内战，是诸侯王之间的战争，战争本身没有正义性，受苦的是老百姓，所以即使是胜利了，也没什么好庆祝的。但是，正义和邪恶之间的战争，是敌我之间的战争，赢得战争就赢得了和平，是值得庆祝的。

1945年9月2日，日本新任外相重光葵和参谋总长梅津美治郎代表日本政府在东京湾"密苏里号"战舰上，签署了投降书。国民政府于第二天下令举国庆祝3天。从此，9月3日就成为抗战胜利纪念日。对中国人民来说，中华大地就是天下神器，我们深爱着自己的家园，不怕威胁，不惧风浪。

第二十七章　死而不亡

老子说：

　　道常无名，朴。虽小，天下莫能臣也。侯王若能守之，万物将自宾。天地相合，以降甘露，民莫之令而自均。始制有名，名亦既有，夫亦将知止，知止可以不殆。譬道之在天下，犹川谷之于江海。

　　意思是："道"虽然质朴无名，又很小，可天下却没有人能使它臣服。王侯如果能够坚守"道"的原则，万物将自动归顺。天地间阴阳之气相合，就会降下甘露，人们不必干预它，甘露会自然均匀地分布。治理天下也是这个道理，按照"道"的原则制定各种制度，有了制度，就要按章办事，这样做就不会有什么危险了。"道"存在于天下，就像百川归海，万物都顺从于它。这段话进一步阐述了"道"的地位和作用。那么行道之人是什么样的呢？

老子说：

　　知人者智，自知者明。胜人者有力，自胜者强。
知足者富，强行者有志，不失其所者久，死而不亡
者寿。

　　这句话的意思是：能了解和认识别人叫作智慧，能认识和
了解自己才算高明。善于战胜别人，说明有实力，但是能够战
胜自我才算是真正的强者。知道满足的人才是真富有。努力不
懈的人才算是有志向。不失道的人才能够长久，身虽死而"道"
仍存，才算是真正的长寿。

　　清末民初的著名学者梁启超对《道德经》也有研究，他
曾说，人的寿命不过区区数十载，人不可能长生不老，但人的
精神则可以永垂不朽，他的肉体虽然消失了，而他的学说、思
想和精神却会长期影响后世，从这个意义上讲，人是可以做到
"死而不亡"的。还有一种有意思的说法，说每个人要经历三次
死亡：第一次死亡是心脏停止跳动，从生物的角度来说，你死
了；第二次死亡是在葬礼上，认识你的人都来祭奠，那么你在
社会上的地位已经死亡了；第三次死亡是所有记着你的人都死
亡了，没有人再能够回忆起你，这才是真正意义上的死亡。从
这个角度来说，我们要真心感谢那些保留着我们活动记忆的亲

人、朋友，人很容易遗忘，这种保留很珍贵。另外，如果你想永远活下去，就要对这个社会有所贡献，要对别人有所帮助，这就是人生的价值。所以说，得道者，得"永生"。

第二十八章　天下自定

老子说：

　　大道氾兮，其可左右。万物恃之以生而不辞，功成而不有。衣养万物而不为主，常无欲，可名于小；万物归焉而不为主，可名为大。以其终不自为大，故能成其大。

意思是：大道无所不在。万物依赖它生长，它却不归功于自己；它滋养万物，却不以主宰的身份自居，因为道不讲私欲，故我们称它为"小"。万物归附而不自以为主宰，我们又称它为"大"。正因为它不自大，所以才能成就它的伟大。这些观点，老子是反反复复讲，他期望领导者们应该像"道"那样起"朴"的作用。对于普通人来说，心胸开阔，抑制自己的私欲，同样有利于自己躲避灾祸，获得成功。

　　大道是无形的，老子说：

执大象，天下往。往而不害，安平泰。乐与饵，过客止，道之出口，淡乎其无味，视之不足见，听之不足闻，用之不足既。

意思是：谁掌握了伟大的"道"，便可以吸引天下英才，社会稳定，国泰民安。但领导者往往会被各种诱惑所吸引，看不见"大道"，因为"道"这东西是平淡无味的，看不见、听不着，而它的作用却是无穷无尽的。

春秋末年，诸侯们纵情声色，荒于朝政，连年发动战争，百姓遭受严重的痛苦，对这种失"道"的事儿，诸侯们往往视而不见。在这种情况下，老子又苦口婆心地说了下面这段话。他说：

将欲歙之，必固张之；将欲弱之，必固强之；将欲废之，必固兴之；将欲取之，必固与之。是谓微明，柔弱胜刚强。鱼不可脱于渊，国之利器不可以示人。

意思是：要想收敛，必先扩张；要想削弱，必先加强；要想废弃，必先抬举；要想夺取，必先给予。所以说柔弱战胜刚强。鱼不可以脱离水生存，不要轻易地向外人炫耀武力。在这段话里，老子充分展示了自己"物极必反"的辩证思维，列举了"合"与"张"、"弱"与"强"、"废"与"兴"、"取"与

"与"四个对立统一的矛盾体，认为外表看起来似乎强大刚强的东西，往往会失去发展的前景，因而不能持久。柔弱反而更加富有韧性，生命力旺盛，发展的余地极大。

这段论述，我个人认为，是老子对诸侯称霸、东征西讨、炫耀武力、导致民不聊生的一种批判，所以老子不停地强调物极必反和柔弱的重要性。

那么《道德经》中《道经》的大结局是什么呢？是老子对全书的高度概括和总结。老子说：

> 道常无为而无不为。侯王若能守之，万物将自化。化而欲作，吾将镇之以无名之朴，无名之朴，夫亦将不欲。不欲以静，天下将自定。

这句话有三个关键，第一个是"无为而无不为"，也就是说，"无为"是"道"的核心，顺应规律，不为私欲而为者，就没有什么事情干不成。第二个是"万物将自化"，也就是说，如果管理者坚持以道的原则来管理社会，社会将得到充分的发展，那么丑恶的事情在道的约束和管理下，也就不会发生了。第三个是"天下将自定"，老子认为执政者，只要恪守"道"的原则，天下就自然而然实现了稳定和安宁。这是老子为他所处的那个时代开出的一个药方。天下自定，则人心自定，人心自定，才有天下人真正的幸福。

第二部分

读《论语》见众生

序篇 《论语》与孔子

　　《论语》和《道德经》都是春秋战国时期的作品，但两者的视角和目标受众还是有些差别的，此外《道德经》讲"道"，《论语》讲"仁"。那么读《论语》有什么用呢？我个人的体会是读《论语》见众生。孔子一生倡导"有教无类"，在三千弟子当中，既有贵族，也有普通人。孔子的教育方式是"因人施教"，俗话说"一种米养百种人"，千人有千面，因此《论语》当中有很多内容与社会现实结合得比较密切，一些为人处世的道理时至今日仍然散发着智慧的光芒。《论语》是积极的，入世的，值得我们阅读、理解和学习。

　　以当下世俗的眼光来看，《论语》和现代的书籍有很大的不同。首先，这部书的章节段落之间没有严密的逻辑，信息是碎片化的，它不是小说、诗歌，仅是记录孔子及其弟子的语录而已。其次，它没有编年和语境，书中记录的孔子及弟子语录是在什么时候、什么场合下说的，读者看不出来。最后，《论语》

在古代存在多个版本，如《鲁论语》二十篇，是鲁人口头传授的，《齐论语》二十二篇是齐人口头传授的，《古论语》二十一篇是从孔子住宅夹壁中发现的。

那么大家一定会问，这么多版本的《论语》，看哪一本好呢？西汉末年，帝师张禹根据《鲁论语》，参照《齐论语》，对《论语》进行了重新汇编，称为《张侯论》。此本成为当时的权威读本。东汉末郑玄又以《张侯论》为底本，参照《齐论语》《古论语》作《论语注》，遂为目前《论语》的定本。《论语》全书共二十章、四百九十二篇，以语录体为主，叙事体为辅，集中体现了孔子的政治主张、伦理思想、道德观念及教育原则等，从汉代开始，一直到清末，《论语》作为"四书五经"之一，是官方认可的正统思想，在几千年的历史长河中，很少有著作能够像《论语》这样长久而深远地影响着中国的历史，对中国人的影响巨大，所以说不能不读。《论语》在世界上同样具有不可忽视的影响力，据有关数据统计，《论语》在全球最重要的十部名著中，被翻译的语种数量居第二位。

说了《论语》，就不能不谈谈孔子。法国思想家、文学家、哲学家伏尔泰对孔子思想十分推崇，他在《哲学辞典》中列举了孔子的格言，并慨叹："东方找到一位智者……他在公元前六百余年前便教导人们如何幸福地生活"，"我们不能像中国人一样，这真是大不幸"。孔子出身于没落的贵族家庭，周代分封制规定贵族有四个等级：天子、诸侯、大夫和士。春秋战国时期，各国以诸侯、卿、大夫为代表的贵族，为了抢夺土地和劳动力，不断发生战争，使许多国家灭亡了，许多贵族没落了，没落的贵族和原来的下层贵族以及新贵族逐渐形成了"士"这个社会阶层，而孔子是"士"这个阶层最早的重要代表人物。以前的文化教育是被贵族阶层垄断的，普通百姓没有受教育的权利，但随着社会的剧烈变动，没落贵族和原来的下层贵族顺应了人们学习文化和知识的迫切需要，开创了文化传播的新制度，孔子就在这样的历史条件下成为卓越的教育家。因此，《论语》也更容易被百姓所接受，读《论语》如沐春风，就是这个道理。

但是，任何一个伟大的人都有历史局限性，孔子的主张和理想是要像西周初期那样，实现旧贵族统治下的国家统一，这样的主张和当时的社会变革相矛盾，所以孔子一生的政治活动都是失败的。随着汉朝统治者采纳董仲舒的思想，"罢黜百家，独尊儒术"，使儒学地位大大提高，孔子也逐渐成为封建社会统治者的祭祀对象，被尊为"孔圣人""至圣先师""万世师表"，以孔子为代表的儒家思想也逐渐演变为维护封建统治者皇权的工具。"五四运动"提出了"打倒孔家店"，中华人民共和国成立后又进行过"批林批孔"的政治运动，孔子成为当代中国颇有争议的历史人物。

面对这些问题，我们要用历史的眼光来看待，既不能一棍子打死，也不能盲目崇拜，要去粗取精，结合当今社会的发展需要，打开《论语》，不带任何历史偏见，感受真实的孔子，从书中汲取古人的智慧，用圣人的视角来观察和体悟芸芸众生的世界。

第一章　君子善谋道

　　"道"在孔子心中有多重要呢？孔子说："朝闻道，夕死可矣。"意思是：早上懂得了道，晚上哪怕是死去也值得了。那么孔子为什么对道这么重视呢？因为孔子认为追求道是君子一生的终极目标。孔子说："君子谋道不谋食。耕也，馁在其中矣；学也，禄在其中矣。君子忧道不忧贫。"意思是：有志向修为的人往往担心自己的修养不够，而不担心自己的食物。种田，可以从中果腹；学习，可以从中得到高官厚禄。但有志向的人是担心自己的修养不够，而不担心自己的贫困。关于这个观点，孔子还有一句话，说："君子食无求饱，居无求安，敏于事而慎于言，就有道而正焉，可谓好学也已。"意思是：君子饮食不要求饱足，居住不要求舒适，做事情要勤快机敏，说话要谨慎小心，要多向有道德的人学习，修正自己的行为，这才能够称得上好学。

　　那么孔子所说的道究竟是什么呢？孔子说：

天下有道，则礼乐征伐自天子出；天下无道，则礼乐征伐自诸侯出。自诸侯出，盖十世希不失矣；自大夫出，五世希不失矣；陪臣执国命，三世希不失矣。天下有道，则政不在大夫。天下有道，则庶人不议。

这段话的意思是：天下有道的时候，制作礼乐和出兵打仗都由天子做主决定；天下无道的时候，制作礼乐和出兵打仗由诸侯做主决定。由诸侯做主决定，大概经过十代很少有不垮台的；由大夫决定，经过五代很少有不垮台的；由陪臣执掌国家政权，经过三代很少有不垮台的。天下有道，国家政权就不会落在大夫手中；天下有道，老百姓也就不会议论国家政治了。孔子在评论春秋郑国的宰相子产时说道：

有君子之道四焉：其行已也恭，其事上也敬，其养民也惠，其使民也义。

孔子对子产评价很高，认为他有君子的四种道德：一是行为庄重，二是侍奉君主恭敬，三是对待百姓有恩惠，四是役使百姓有法度。由此可见，孔子所说的道，是治国平天下的仁义之道，是作为领导者的君子之道，这样的道也是孔子一生的追求。

那为什么要用仁义之道来治理天下呢？《论语》中记载，

有人说：

> 其为人也孝弟，而好犯上者，鲜矣；不好犯上，而
> 好作乱者，未之有也。君子务本，本立而道生。孝悌也
> 者，其为仁之本与！

大致的意思是：孝敬父母、敬爱兄长的人，就不会冒犯上级，也不会喜欢造反。君子应致力于弘扬道德，教化百姓。孝顺父母、尊敬兄长就是仁之根本。

孔子说"人能弘道，非道弘人"，意思是：人能够使道发扬光大，而不是道使人的才能扩大。孔子是这么说的，也是这么做的。仪地的一个小官请求会见孔子，说："君子之至于斯也，吾未尝不得见也。"见过孔子后，他说："二三子何患于丧乎？天下之无道也久矣，天将以夫子为木铎。"这段话的意思是：仪地的这个官员凡是遇到君子，都要求见面。孔子的学生们领他去见了孔子。出来以后，他说，你们几位为什么担心失去官位呢？天下无道已经很久了，因此上天将以孔夫子为圣人来教化天下。由此可见孔子的人格魅力。

孔子说："道不同，不相为谋。"意思是：志向不同的人就不能在一起谋划共事。那么什么样的人属于志向不同的人呢？孔子说："士志于道，而耻恶衣恶食者，未足与议也。"意思是：士有志于（学习和实行圣人的）道，但又以自己吃穿不好

为耻辱,这种人是不值得与他谈论道的。那么君子应该怎么做呢?孔子说:

> 富与贵,是人之所欲也。不以其道得之,不处也。
> 贫与贱,是人之所恶也。不以其道得之,不去也。君子
> 去仁,恶乎成名?君子无终食之间违仁,造次必于是,
> 颠沛必于是。

意思是:富裕和显贵是人人都想要得到的,但用不正当的方法得到它,就不会去享受;贫穷与低贱是人人都厌恶的,但用不正当的方法去摆脱它,就无法摆脱。君子如果离开了仁德,又怎么能叫君子呢?君子没有一顿饭的时间是背离仁德的,就是在最紧迫的时刻也必定按照仁德办事,就是在颠沛流离的时候也一定会按仁德去办事的。孔子的学生曾子,深受老师影响,他说:

> 士不可以不弘毅,任重而道远。仁以为己任,不亦
> 重乎?死而后已,不亦远乎?

意思是:士必须具有宽广坚韧的品质,因为他责任重大,道路遥远。把实现仁作为自己的责任,难道还不重大吗?奋斗终生,死而后已,难道路程还不遥远吗?

面对春秋的乱世，传播仁义之道困难重重，孔子也充分认识和体会到了这一点。孔子说：

> 笃信好学，守死善道。危邦不入，乱邦不居。天下有道则见，无道则隐。邦有道，贫且贱焉，耻也。邦无道，富且贵焉，耻也。

意思是：做人要勤奋好学，要坚持真理，坚定信仰，如果邦国无道，就不能做官，不能助纣为虐。当国家处于危难时，不能躲在家里苟且偷安，邦国有道就要积极入世，施展才华报效国家，造福百姓。如果得不到重视，报国无门，那么无道则隐。如果邦国有道，不去施展才华，不去报效国家是做人的耻辱！如果邦国无道，助纣为虐，去获得荣华富贵，可耻！类似这样的观点，孔子在《论语》当中反复提起。孔子说：

> 直哉史鱼！邦有道，如矢；邦无道，如矢。君子哉蘧伯玉！邦有道，则仕；邦无道，则可卷而怀之。

意思是：好一个刚直的史鱼！国家政治清明时他像箭一样直，国家政治黑暗时他还是像箭一样直。好一个君子蘧伯玉！国家政治清明时他做官，国家政治黑暗时他便隐退藏身了。"邦有道，危言危行；邦无道，危行言孙"。意思是：国家有道，要正言正行；国家无道，也要正直，但说话要随和谨慎。"邦有道，谷；邦无道，谷，耻也。"意思是：国家太平时，可以从政；国家黑暗时，从政就是耻辱。在乱世当中，孔子的政治抱负最终无法实现，他便隐退，并选择了教书育人的生活方式，因此成为"万世师表"。

第二章　中庸之为德

什么是"德"呢？孔子认为德是仁道的体现。孔子说："为政以德，譬如北辰，居其所而众星共之。"意思是：以道德教化来治理政事，就会像北极星那样，自己居于一定的方位，而群星都会环绕在它的周围。这段话代表了孔子"为政以德"的思想，希望统治者实行德治，强调道德对政治生活的决定作用，主张以道德教化为治国的原则。孔子说："道之以政，齐之以刑，民免而无耻；道之以德，齐之以礼，有耻且格。"意思是：用政治手段来治理，用刑罚来整顿，百姓就只求免于犯罪，而不会有廉耻之心；用道德来治理，用礼教来整顿，百姓就会不但有廉耻之心，而且还会人心归顺。

那么道德的标准是什么呢？孔子说："中庸之为德也，其至矣乎！民鲜久矣。"孔子认为中庸是道德的最高标准，但人们已经长久缺乏这种道德了。中庸并不是指没有态度的老好人，而是做事恰到好处，做人中正平和的意思，这是一种非常高的修

养和人生境界。所以说，中不偏、庸不易。落实到个人，就是
要终身修炼，落实到社会，就是期待圣人出而天下治。对于不
讲原则的老好人，孔子是非常反感的。孔子说："乡原，德之贼
也。"孔子尖锐地指出：那种不分是非，言行不一，伪善欺世，
处处讨好的"老好人"，实际上是似德非德而乱乎德的人，乃德
之"贼"。

那么如何提高自己的道德修养呢？《论语》中记录了这样
一件事。樊迟跟随孔子在舞雩台下游览，问道："敢问崇德，修
慝，辨惑。"意思是："如何提高自己的品德修养，改正过失，
辨别是非。"孔子说："善哉问！先事后得，非崇德与？攻其恶，
无攻人之恶，非修慝与？一朝之忿，忘其身，以及其亲，非惑
与？"孔子赞扬说："问得好啊！辛劳在先，享乐在后，这不就
可以提高自己的品德修养吗？检查自己的错误，不去指责别人
的缺点，这不就消除潜在的怨恨了吗？因为一时气愤，而不顾
自身和自己的双亲，这不就是迷惑吗？"此外，《论语》中还
记录了孔子这样一句话："德之不修，学之不讲，闻义不能徙，
不善不能改，是吾忧也。"意思是：不培养品德，不钻研学问，
知道怎样做符合道义却不能改变自己，有缺点不能及时改正，
这些都是我忧虑的。由此可见，德行是不断自我完善出来的。

有德之人的义务是什么呢？子张说："执德不弘，信道不
笃，焉能为有？焉能为亡？"意思是：自己拥有道德修养却不把
它发扬光大，信仰道义的心不坚定，这种人怎么能算有道德？

有没有他不是一样吗？

　　那么，遇到不公平的对待，有德之人应该怎么做呢？有人问孔子："以德报怨，何如？"孔子说："何以报德？以直报怨，以德报德。"孔子的意思是要以公平正直的态度对待伤害自己的人，这样做才是坚持了正直。孔子的"以直报怨"对于个人道德修养极为重要，但与老子的"以德报怨"所面对的受众是不一样的，老子的"以德报怨"是用在政治领域，宣讲的对象是君主。

　　坚守道德底线的人生会是什么样的呢？孔子的一句话让人倍感温馨。孔子说："德不孤，必有邻。"意思是：有道德的人是不会孤单的，一定有志同道合的人来和他相伴。

第三章　博学而笃志

　　孔子周游列国，但穷其一生也未实现自己的政治理想，他对后世最大的贡献体现在教育上，他招收学生不论贵贱，能够针对学生特点因人施教，将贵族阶层的文化知识、礼仪、技艺等传授给普通百姓，是中国历史上开此先河的第一人。孔子说："默而识之，学而不厌，诲人不倦，何有于我哉？"意思是："把所学的知识默默地记在心中，勤奋学习而不满足，教导别人而不倦怠，对我来说，还有什么遗憾呢？"这也反映了孔子实现自身社会价值的一种追求。孔子对待学习，态度之认真是非常令人敬佩的。《论语》当中很多相关名句被百姓所熟知，对于今天的人来说，也非常具有指导性和参考价值。概括起来，主要包括以下几个方面：

　　一是立志的重要性。孔子说："三军可夺帅也，匹夫不可夺志也。"意思是："军队可以被夺去主帅，但最普通的人也不可以失去志向。"孔子的学生子夏说："博学而笃志，切问而近思，仁在其中矣。"意思是：博览群书，广泛学习，并且有坚定的志向，恳切地提问，多考虑当前的事，仁德就在其中。

二是榜样的重要性。孔子说："见贤思齐焉，见不贤而内自省也"，"三人行，必有我师焉；择其善者而从之，其不善者而改之"。这两句话表达的都是一个意思，那就是看到别人的长处，要主动向别人学习，看到别人表现不好的地方，要反省自己是否有和他一样的地方，如果有，要主动改掉。孔子说："德之不修，学之不讲，闻义不能徙，不善不能改，是吾忧也。"意思是：品德不加培养，求学不进行讲习，听到义不能跟随，有缺点不能改正，这些是我所忧虑的。从这些话中可以看出，孔子所说的学习，不仅是学知识，还是学做人。

三是学习态度的重要性。首先，要意识到学习的重要性。孔子说："生而知之者上也，学而知之者次也；困而学之，又其次也；困而不学，民斯为下矣。"这段话的意思是："天生就懂得的人最聪明，通过学习而懂得的人次一等，遇到困难才去学习的人又次一等。遇到困难还不学习，就是下等的愚民。"子夏说："百工居肆以成其事，君子学以致其道。"意思是：工匠在作坊里完成产品，君子要通过学习来领悟道理。其次，要端正学习态度。孔子说："古之学者为己，今之学者为人。"意思是：古代的人学习是为了使自己增进修养学识，现在的人学习是为了表现给人看。很显然，孔子提倡前者，反对后者。最后，要不耻下问。孔子的学生子贡问："孔文子何以谓之'文'

也？"孔子说："敏而好学，不耻下问，是以谓之'文'也。"子贡问："为什么给孔文子一个'文'的谥号呢？"孔子答："他聪敏勤勉而好学，不以向比他地位卑下的人请教为耻，所以给他'文'的谥号。"

四是学习方法的重要性。第一是善于复习。孔子说："学而时习之，不亦说乎？有朋自远方来，不亦乐乎？人不知而不愠，不亦君子乎？"这段话的意思是：学过的知识，经常去温习，不是很愉快的吗？就好比志同道合的朋友从远方来，不也是很愉快吗？别人不了解我，我也不会生气，这不就是君子吗？子夏说："日知其所亡，月无忘其所能，可谓好学也已矣。"子夏的意思是："每天学到一些过去所不知道的东西，每月都不能忘记已经学会的东西，这就可以叫作好学了。"第二是善于思考。孔子说："学而不思则罔，思而不学则殆。"意思是：只学习而不思考，就会迷惑不解；只思考而不学习，就会在学业上陷入困境。第三是善于理论与实践相结合。孔子说："吾尝终日不食，终夜不寝，以思，无益，不如学也。"意思是：我曾经整天不吃，整晚不睡，去想问题，但是并没有益处，还不如去学习。这句话讲到了实践的重要性，"学"与"习"要并重，"学"与"思"不能偏废。子夏说："仕而优则学，学而优则仕。"这句话的意思是：做官之余，还有精力和时间，那他就可以去学习礼乐等治国安邦的知识；学习之余，还有精力和时间，他就可以去做官从政。引申来看，就是强调学习和实践是相辅相成的。

第四是善于总结经验，吸取教训。哀公问："弟子孰为好学？"孔子对曰："有颜回者好学，不迁怒，不贰过。不幸短命死矣。今也则亡，未闻好学者也。"鲁哀公问："你的弟子哪一个算得上最喜欢学习？"孔子回："我有个叫颜回的学生爱好学习，他从来都不把自己的怒气转移到别人的身上，不犯同样的过错。"不迁怒于人也是一种极好的个人修养，不犯同样的错误，说明学到位了，认识清楚了。

五是学习兴趣的重要性。孔子说："三年学，不至于谷，不易得也。"孔子的意思是：求学三年不是为了"俸禄"，而是为了学问本身，这样的人实在太少了。孔子感慨真正的好学不在于为了获得实际利益，而是要自己真正喜欢，目的要纯粹。

第四章　修己以安人

　　孔子对个人修养的要求，从当今社会来看，也不过时，仍然具有很强的指导性。孔子教育学生，主要是从四个方面入手，分别是：文、行、忠、信。也就是说教学生文化知识，行为规范，忠于职守，言而有信。

　　孔子说："人而无信，不知其可也。大车无輗，小车无軏，其何以行之哉？"意思是：一个人如果不讲信用，真不知道他怎么处世，这就像牛车没輗，马车没有軏一样，那车怎么能走呢？从现在的社会发展来看，已经进入了一个信用社会，守信是契约精神的体现，失信将带来非常多的麻烦，随之丧失很多权利。孔子凭借着温（温和）、良（善良）、恭（恭敬）、俭（俭朴）、让（谦让）的君子形象，对学生言传身教，受到了学生的尊重。曾子说："吾日三省吾身。为人谋而不忠乎？与朋友交而不信乎？传不习乎？"意思是：我每天多次反省自己，替别人做事有没有尽心竭力？与朋友交往合作做到诚信了吗？老师所传授的东西经常温习了吗？子夏说："贤贤易色，事父母，能竭其力。事君，能致其身。与朋友交，言而有信。虽曰未学，吾必谓之学矣。"意思是：一个人能够看重贤德而不被美色所诱惑；侍奉父母，竭尽全力；对待领导，忠于职守；与朋友交往，讲求信誉。这样的人，尽管他自己说没有学习过，我一定说他已经有学问了。

那么孔子眼中的君子形象是什么样的呢？孔子说："君子有九思，视思明，听思聪，色思温，貌思恭，言思忠，事思敬，疑思问，忿思难，见得思义。"意思是：君子在九个方面多用心考虑，看，考虑是否看得清楚；听，考虑是否听得明白；脸色，考虑是否温和；态度，考虑是否庄重恭敬；说话，考虑是否忠诚老实；做事，考虑是否认真谨慎；有疑难，考虑应该询问请教别人；发火发怒，考虑是否会产生后患；见到财利，考虑是否合于仁义。面对困难，君子不迁怒，不贰过（不重复犯错），不怨天，不尤人。对待他人，坚持己所不欲，勿施于人（自己不喜欢的事不要强加给别人）。孔子说："君子义以为质，礼以行之，孙以出之，信以成之，君子哉。"意思是：君子以义作为根本，用礼加以推行，用谦逊的语言来表达，用忠诚的态度来完成，这就是君子了。

做君子有什么好处呢？孔子说："君子不忧不惧。""内省不疚，夫何忧何惧？"意思是：一个人自省没有对不起任何人的事情，一切无负于人，内心没有愧疚，何有忧惧，这就是君子。所以，孔子感慨：君子坦荡荡，小人常戚戚。

第五章 百行孝为先

　　几千年的文化传承中，中国人最注重一个"孝"字，那什么是孝呢？孝是中国传统社会十分重要的基本道德规范，是中华民族的优良传统和核心价值观，是中国人品德形成的基础。孝也是中国人关爱父母长辈、尊老敬老的一种文化传统，是感恩的一种表现，包括对父母长辈的尊敬、关爱、赡养等。孝还是一种行为规范，是"不言之教"。那么孔子是怎么看待和评价孝的呢？

　　一是孝是社会道德的基本规范，是最基础的政治。有人问孔子："子奚不为政？"意思是：你为什么不去从政呢？孔子说，"《书》云：'孝乎！惟孝，友于兄弟，施于有政。'是亦为政，奚其为为政？"孔子的意思是：《尚书》上有说，孝就是孝敬父母，友就是友爱兄弟，把孝悌这个道理施于政治，这本身就是政治，还要怎么样才能算是从政呢？从这个角度来看，孔子认为社会管理的政治基础就是"孝"。

二是孝是进入社会、与人相处必须遵守的首要原则。孔子说："弟子，入则孝，出则悌，谨而信，泛爱众，而亲仁。行有馀力，则以学文。"孔子教导学生，在家要孝顺父母，出门要尊敬兄长，做人言行要谨慎，讲话要讲究信用，要善于交朋友，要和品德良好的人亲近，这样做了如果还有余力，就要多学习各种文化知识。由此可见，孔子认为学会怎样做人是第一位的，"孝"是做人做事要遵守的首要原则。

三是孝是对父母的尊重，是有温度的情感传递。对孝的认识，孔子和学生有一些对话，对我们也非常有启发。子游问："什么是孝？"孔子说："今之孝者，是谓能养。至于犬马，皆能有养；不敬，何以别乎？"孔子的意思是："现在的人啊，以为仅仅给父母吃好穿好，把父母养活，让他们衣食无忧就可以叫作孝顺了。但是像狗和马这样的畜生，也能养活它们的父母。如果内心没有对父母的尊敬和感恩之情，那么仅仅是尽了赡养义务，和犬马又有什么区别呢？"子夏问："什么是孝？"孔子说："色难。有事，弟子服其劳；有酒食，先生馔，曾是以为孝乎？"孔子的意思是：当子女的要尽到孝，最不容易的就是对父母和颜悦色，仅仅是有了事情，儿女需要替父母去做，有了酒饭，让父母吃，难道能认为这样就可以算是孝了吗？孔子说："父母之年，不可不知也。一则以喜，一则以惧。"意思是：父母的年龄，不可不记在心中。一方面为他们的高寿而欢喜，一方面为他们的衰老而忧惧。孔子的这句话，把子女对父母的爱表现得淋漓尽致。所以，孝不仅仅是物质的保障，更是关怀的传递和情感的满足，是设身处地地为父母考虑，是对父母的尊重。

四是孝是不忘父母教诲，保持初心不改。孔子说："父在，观其志；父没，观其行；三年无改于父之道，可谓孝矣。"这句话的意思是：要看一个人的品行，首先要看他父亲在世时，他的志向是什么；其次要看他在父亲去世之后的行为如何，如果在父亲过世的多年里，他的行为还能够像父亲在世时一样符合德行，那他就算做到了"孝"。孔子为什么这样说呢？因为古人认为，"子不教，父之过"，在封建社会，女性和男性没有平等的受教育的权利，懂知识、有文化的女性还是很少的。父亲在教育子女方面扮演了非常重要的角色，在孔子看来，遵循父母的教诲也是"孝"的表现。

五是孝是让父母少操心，不担心。孟武伯问："什么是孝？"孔子说："父母唯其疾之忧。"意思是：除生病不能避免外，不要让父母担忧子女的其他事情。孔子说："父母在，不远游，游必有方。"意思是：父母年迈在世，尽量不要长期在外地。不得已，必须告诉父母去哪里，为什么去，什么时候回来。并安排好父母的衣食住行。

从孔子的话语中，我们体会到了孝的本质，孝的深意，值得我们反思和不断回味。我们做对了吗？什么地方做得还不够好呢？

第六章　身正则令行

在治国理政方面，孔子有着非凡的洞察力。孔子非常精准地抓住了春秋时期，各个邦国动荡的总根源。孔子说："丘也闻有国有家者，不患寡而患不均，不患贫而患不安。盖均无贫，和无寡，安无倾。夫如是，故远人不服，则修文德以来之。既来之，则安之。远人不服而不能来也。邦分崩离析而不能守也，而谋动干戈于邦内。吾恐季孙之忧，不在颛臾，而在萧墙之内也。"这段话的意思是：无论是诸侯或者大夫，不担心财富不多，只是担心财富分配不均匀；不担忧百姓太少，只担忧境内不安定。若是财富平均，便无所谓贫穷；境内和平团结，便不会觉得人少；境内平安，国家便不会倾危。做到这样，远方的人还不归服，就再修仁义礼乐来招揽他们。他们来了，就得使他们安心。如今对于远方的人，不能使他们来归顺，国家四分五裂，不能保持它的稳定统一，反而策划在境内兴起干戈。我恐怕季孙氏的忧虑，不在颛臾，而是在鲁国内部。当今，我们用基尼系数来测算一个地区或国家的贫富差距，基尼系数达到一定的值，社会就会不稳定，而在两千多年前，孔子就能看到这一点，非常了不起。

孔子还看到了管理者率先垂范的重要性。孔子说："其身正，不令而行。其身不正，虽令不从。"意思是：当管理者自身端正，做出表率时，不用下命令，被管理者就会跟着行动起来；相反，如果管理者自身不端正，那么纵然三令五申，被管理者也不会服从的。为了做好工作，孔子还主张多与贤人志士交往。子贡问怎样修养仁德，孔子说："工欲善其事，必先利其器。居是邦也，事其大夫之贤者，友其士之仁者。"意思是：工匠要做好工作，必须先磨快工具。住在一个国家，要侍奉大夫中的贤人，与仁人交朋友。

当然，孔子的治世思想还是有一定局限性的。孔子寄希望于通过克己复礼，使周代传统礼仪复兴，从而实现社会的和谐安定。子路说："卫君等待老师去治理国政，老师打算先从哪儿入手呢？"孔子说："必须辨正名称！"子路说："有这个必要吗？老师绕得太远了！辨正它们干什么呢？"孔子说："野哉，由也！君子于其所不知，盖阙如也。名不正，则言不顺；言不顺，则事不成；事不成，则礼乐不兴；礼乐不兴，则刑罚不中；刑罚不中，则民无所措手足。故君子名之必可言也，言之必可行也。君子于其言，无所苟而已矣。"意思是：你真鲁莽啊！君子对于自己所不知道的，就不发表意见；名称不辨正，说话就不顺当；说话不顺当，事情就做不成；事情做不成，礼乐就得不到实施；礼乐得不到实施，刑罚就不会得当；刑罚不得当，民众就无所适从。因此，君子定名的东西必定有理由可说，说了就必定能施行。君子对于自己说过的话，是一点儿都不能马虎的。

从这段话中，我们可以看出周代礼乐制度在孔子心中的地位，历史的车轮只会向前，不会后退，通常是螺旋式上升，孔子希望"走老路"的想法终究是行不通的。所以我们常说，对待传统文化要去粗取精，与时俱进。

第七章　辨君子小人

　　当我们进入社会，奔波于职场，在呼朋唤友，觥筹交错中，能辨得出谁是君子，谁是小人吗？可能有人会反问，这有那么重要吗？当然重要。没有朋友的人生是孤独的，但如果辨不出君子，看不清小人，就有可能因为交友不慎而惹上麻烦，一个不小心就会掉入挖好的"陷阱"里。我们说好人和坏人尚难以分清，这君子和小人就更难分辨了。孔子在《论语》当中反复提到了君子和小人的差别，主要包括以下几个方面：

　　一是君子有法纪和道德的底线思维，而小人往往只考虑自己的利益最大化。孔子说："君子怀德，小人怀土；君子怀刑，小人怀惠"，"君子喻于义，小人喻于利"，"君子上达，小人下达"，"君子周而不比，小人比而不周"。这几句话的意思是：君子思怀的是道德，小人怀念的是乡土；君子思怀的是法度，小人缅怀的是恩惠。君子看重的是道义，小人看重的是利益。君子向上，通达仁义；小人向下，追求名利。君子以公正之心对待天下众人，不徇私护短，没有预定的成见及私心；小人则结党营私。

二是君子往往能助人成功，受人尊敬，小人则往往坏事，遭人唾骂。子夏说，"君子有三变：望之俨然，即之也温，听其言也厉。"意思是：君子远远望去庄重威严，与他接近温和可亲，听他说话义正词严。孔子说："君子成人之美，不成人之恶。小人反是。"意思是：成人之美，积善成德，便成为君子；成人之恶，积怨日多，便是小人。君子成全人家的好事，不帮助别人做坏事，小人则相反。

三是君子心胸开阔，与人相处融洽，善于独立思考，而小人则心胸狭窄，容易记恨别人，常常人云亦云。孔子说："君子坦荡荡，小人长戚戚"，"君子和而不同，小人同而不和"。这几句话的意思是：君子心胸开阔，神定气安。小人则是斤斤计较，患得患失。君子可以与周围的人维持和谐融洽的关系，保持独立思考，从来不盲目附和；但小人则没有自己独立的见解，只求与别人完全一致。

四是君子谦虚谨慎，知错能改，善于自我批评，而小人则骄横跋扈，傲慢无礼，遇事就推卸自身责任。孔子说："君子泰而不骄，小人骄而不泰"，"君子求诸己，小人求诸人"。这几句话的意思是：君子安静坦然而不傲慢无理，小人傲慢无理而不安静坦然。君子能谦恭有礼，待人和善；小人处处显摆，骄矜自胜。具有君子品行的人，遇到问题先从自身找原因，而那些小人，出现麻烦总是想方设法推卸责任，撇清自己，从不去反思自己，从自身找原因。子贡说："君子之过也，如日月之食焉；过也，人皆见之；更也，人皆仰之。"这句话的意思是：君子的过错就像日食和月食一样，有过错时，人人都看得见；改正的时候，人人都仰望着。

工作和生活当中，面对君子和小人，我们应该如何来应对呢？孔子说："君子不可小知而可大受也，小人不可大受而可小知也。"这句话的意思是：不能让君子做那些小事，但可以让他们承担重大的使命。不能让小人承担重大的使命，但可以让他们做那些小事。所以说，对待君子，不必在小事上与他多计较，只要他的才能、胸怀和品德足以担当大任就可以；而对待小人，因为他们气量狭小或能力不足，不能让他们担当重任，但也不是没有任何可取之处。

孔子的智慧告诉我们，遇到君子要以心交之，遇到小人要心中有数。

第八章　觅忠恕之道

孔子说:"曾参呀! 我的学说可以用一个根本的原则贯穿起来。"曾参答道:"是的。"孔子走出去以后,其他学生问道:"这是什么意思? "曾参说:"夫子的学说只不过是忠和恕罢了。"在孔子的思想体系中,忠恕之道占有极为重要的地位,是"仁"在现实社会生活中的实际运用。

"忠"更强调内心的真诚,体现在感情、生活、事业等各个方面。真诚的人从来不会缺失友情、爱情和亲情,遇到难处,一定会有人支持和帮助。"忠"不一定能兑换现实利益,但一定会有贵人相助,帮助他消灾避难。为什么呢? 因为忠厚之人诚实简单,无害人之心,对待这样的人,大家往往也会以诚相待。孔子说:"主忠信。毋友不如己者。过则毋惮改。"意思是:为人要以忠信为主。不要与不同于自己的人交友。有了过失,就不要害怕改正。孔子说:"益者三乐,损者三乐。乐节礼乐,乐道人之善,乐多贤友,益矣。乐骄乐,乐佚游,乐宴乐,损矣。"意思是：有益的快乐有三种，有害的快乐有三种。以礼乐为乐，以表扬别人的长处为乐，以多交优秀的朋友为乐，这是有益的。以骄纵放肆为乐，以不务正业、四处游荡为乐，以沉迷酒食为乐，这是有害的。《论语》当中还记载着这样一段对话，司马牛说："别人都有兄弟，唯独我没有。"子夏说："我听到这样的道理，生死有命，富贵在天。君子做事认真而没有差错，对人恭敬有礼，那么四海之内皆兄弟。君子何必发愁没有兄弟呢？"

有一部电影叫《忠犬八公的故事》，这条日本秋田犬颇具传奇色彩，它的主人因为突发心脏病离开了人世，但这条小狗依然每天跑到火车站的站台前等候主人回家，主人再也不可能回来了，但它从未放弃，一等就是九年，直到自己生命结束的那一天。这种朴素的情感就是"忠"的最佳写照，是"真善美"的表达。

至于"恕"，就是将心比心，"己之所欲，推之于人；己所不欲，勿施于人"。这是一种关怀和宽容，亲人和朋友之间，如果只有"忠"，没有"恕"，那就很难和谐相处，关系也无法保持长久。恋人分手、亲友反目往往都是有"忠"无"恕"，如果连"忠"也没有，那就要敬而远之。

那么，怎样做才符合"忠恕之道"呢？不管是自己要做的还是承诺别人的，都要忠实于内心的真实想法，竭尽全力做好；要善于换位思考，对他人善待、包容和宽恕，从对方的需要出发，而不是强加于人，这就是"忠恕"。

第九章　不患莫己知

　　孔子说："不在其位，不谋其政。"曾子曰："君子思不出其位。"意思是：孔子认为不在那个职位上，就不考虑那方面的政事。曾子同意孔子的意见，认为君子的思虑不超出自己的职位。现在"不在其位，不谋其政"成了工作上推脱责任的名言，但如果我们从正面来理解，这句话有深刻的内涵。孔子的这句话我们可以从正反两个方面来理解：一是要做好本职工作，各司其职，不能"这山望着那山高""吃着碗里的，看着锅里的"；二是行使职权时不能"越位"，否则整个管理体系就会被打乱，导致差错和混乱，从而降低管理效率，增加管理成本。这条准则已经成为职场上必须遵守的一种行为规范，我们定岗位、定职责、定人员就是通过明确人员分工和工作边界，从而加强个体之间的相互协作，这是社会发展和进步的表现。例如：我们去饭店吃饭，管理好的饭店，每个服务员负责哪几张桌子是分工明确的，上起菜来秩序井然。但也有的饭店管理分工不明确，导致服务员满场飞奔，四处挨骂，客人非常不满意。

不甘于平庸，个人希望能尽快提升能力，实现自我价值，这也是驱动社会进步的精神原动力，但是怎么处理好理想和现实之间的矛盾呢？孔子说："不患无位，患所以立。不患莫己知，求为可知也。"意思是：不要愁没有职位，而应愁自己用什么胜任其位。不要愁没有人知道自己，而应求自己能有什么可以使人知道的。这句话可能孔子是说给自己听的，也可能是说给学生们听的。我们常说："作为"决定"地位"，有"为"才有"位"。一些营销"大师"，也常常在讲台上声嘶力竭地贩卖这样的"心灵鸡汤"："不要总想你能得到什么，而是要想你能为社会做些什么！"现在我们终于弄明白了，说这话的鼻祖是孔子。其实，孔子是想告诉我们，不要过于关注目标，而是要在实现目标的过程中投入更多的精力。

孔子说："如有王者，必世而后仁。"意思是：如果王者兴起，一定需要三十年的时间，才能使仁道遍布天下。我们把这句话引申一下，就是一个人要想取得事业的成功，也需要三十年的时间。

寻道问心

第十章　逝者如斯夫

　　每个人都在规划自己的一生，那么怎么度过一生呢？孔子说："志于道，据于德，依于仁，游于艺。"意思是：以道为志向，以德为根据，以仁为凭借，活动于礼、乐等六艺的范围之中。这也是孔子一生的写照。

　　每个人都希望多看看外面的世界，我们常说："外面的世界更精彩。"孔子说："知者乐水，仁者乐山。知者动，仁者静。知者乐，仁者寿。"意思是：聪明的人喜爱水，有仁德的人喜爱山；聪明人的喜欢活动，仁德的人喜欢沉静。聪明的人快乐，仁德的人长寿。那么我们需要什么样的人生呢？如果让我选择，我要游遍山水，动静结合，乐活一生！

　　孔子站在河边，感慨说："逝者如斯夫！不舍昼夜。"意思是：流逝的时光像这河水一样，日夜不停地流去。回想过去的时光，我们每个人又何尝没有类似的感受，不知不觉之间自己成年了，父母衰老了，孩子成长了，一切都来得这么快，去得这么早。时间不可逆转，生命只有一次，当我们站在时间的长河里，看到河水从脚趾间流淌而过，是否也会像孔子一样唏嘘不已呢？

第三部分

读《阳明心学》见自己

序篇　王阳明传奇

王阳明是谁啊？在我对中学课本的记忆里，怎么也想不起来有这么一个人。直到最近几年，"知行合一"四个字出现在大街小巷，我才发现，原来在中国的历史上还有这么一位"为天地立心，为生民立命，为往圣继绝学，为万世开太平"的超级牛人，他是古往今来离我们最近的一位圣贤。学文科的小伙伴们可能会笑话我孤陋寡闻。的确，我并非文史专家，只是在学习的路上对王阳明产生了敬意和喜爱。王阳明没有老子的神秘，也没有孔子的历史地位，但是通过王阳明的故事，我们能看到一个活生生的人，他有七情六欲、有喜怒哀乐、有强烈的求知欲，也有超出常人的心理素质和敢于担当的责任与勇气，甚至还有一点儿傻乎乎的可爱。为什么要读王阳明呢？是为了寻找自己。我们从哪里来，要到哪里去，如何才能成为一个内心强大、充满光明的人，不管遇到怎样的困难，心中光明的火种都不会熄灭？人海茫茫，人生短暂，当生命走向尽头的时候，像王阳明那样，潇洒地说一声"此心光明，亦复何言"，这样的人生简直是帅呆了、酷毙了。

说王阳明是超级牛人，可以说一点儿也不为过。第一，他的家庭背景牛。王阳明，明朝人，哲学家、军事家、教育家，年幼时叫王云，后改名王守仁，字伯安。父亲王华是个状元，可以说是大户人家，书香门第。第二，他学习能力强，是个天生的学霸。10岁那年，他和老师说，将来不考状元，状元有啥稀奇，要做圣人，结果被他爹一顿暴揍。15岁的时候，喜欢上了骑马射箭和兵法，练就了百步穿杨的本事。逐步成年后，刻苦钻研，精通佛、道、儒三家，28岁考上进士，为国效力。第三，他著书立说，屡建奇功。35岁时因反对皇帝的贴身大太监刘瑾，被廷杖四十，发配贵州龙场，途中被刘瑾追杀。到达龙场驿站后，做了一名驿丞，在龙场驿站的山洞里，与鸟兽和当地少数民族为伍，突然悟出了人生的大道。38岁重返政坛，44岁受命平叛江西、福建、广东交界山区的叛乱。在前往福建平定兵变时遇到宁王朱宸濠举兵叛乱，在没有中央军支持的情况下，他运用疑兵之计，指挥地方杂牌军，以弱胜强，35天活捉宁王，被称为"大明军神"。他一生没有打过败仗，是个常胜将军。第四，他受百姓拥戴，拥有众多超级粉丝。相传老百姓们听到王阳明来了，会你争我夺地帮他抬轿子，自发地带着水果和食物出城列队欢迎，比帝王还要风光。黄宗羲、曾国藩、梁启超、蔡元培、孙中山、蒋介石、毛泽东等名人大家都是王阳明的崇拜者。王阳明的思想对朝鲜、日本及东南亚国家影响深远。以弱胜强，击败俄国海军的日本海军元帅东乡平八郎在庆功宴上，拿出了一个腰牌，腰牌上写着"一生伏首拜阳明"。被称为日本经营之父的稻盛和夫，把王阳明作为精神偶像，他先后做了三个公司，三个公司都进入世界 500 强。

纵观王阳明的生命历程，虽然一路坎坷，但在历史的长河中，璀璨如星辰，是中国历史上在立德、立功、立言三方面都功勋卓著的大家。那么王阳明究竟写了什么，说了什么？为什么他会拥有这种神奇的力量？下面，我将一一讲述。

第一章　心即理

　　在介绍王阳明的各类书籍当中，有的学者把王阳明的思想
体系归纳为三个部分：第一部分就是"心即理"，这个"理"是
天理、天道的意思。"心是天地万物的主宰，心外无理，心外无
物"，这是心学的基本观点，也是我们常说的"世界观"。王阳
明认为这个世界是建立在人的理解之上的，即使描述得再客观，
也避免不了受到主观因素的影响。因此，他认为：人心是根本
的问题，是产生善与恶的源头，任何外在的行动、事物都是受
思想支配的，一切统一于心。说到这儿，相信大家和我一样，
心里咯噔一下，天上飘来几个字：唯心主义？幸运的是，今天
的我们生活在开放、多元、充满阳光和自信的新时代。客观地
说，从本体论的角度来看，"心即理"属于主观唯心主义，但从
认识论的角度，"心即理"有着积极的社会价值和意义。辩证唯
物主义认为，"外因"通过"内因"起作用，"内因"具有主观
能动性，能为人类实践起到指导作用，这个"内因"不正是王

阳明"心学"中所强调的"心"的作用吗？

在人生活的这个世界上，到底什么样的活法才算幸福，大多数人心中都有这样的认知：金钱、名利、地位是人生价值的体现，只有具备这些，才能证明人生的高度；而人生的高度决定着幸福指数。但事实上，在追求这些东西的同时，我们承受了太多的压力。在追求幸福的路上，心中没有喜悦，反而沉重不堪，这还是幸福吗？不受客观环境的影响，把追求内心的幸福当作一种目标，可能实践起来有一定难度，但不论如何艰难，我们都需要它，因为它是幸福的源泉。

那么，王阳明是怎么认识到这一点的呢？那是在极端困苦的环境中磨炼出来的。王阳明被朝廷发配至贵州龙场，从衣食无忧到居无定所，从往来有鸿儒到与当地百姓为伍，这个落差实在是太大了。王阳明开授学堂，在艰难困苦的环境下，求得了内心的快乐和平静，体味到了人生的充实和乐趣，这一场景史称"龙场悟道"。王阳明说"圣人之道，吾性自足，不假外求"，这无疑是告诉我们，对一切我们带不走的名利不动心，才是心灵的要求，只有内心平静，才能得到幸福，心外什么都没有。

王阳明的这一整套学说，就是"心学"。"心学"其实是一门"心理学"，是我们遇到困难时，寻找幸福的方法；同时它也是一门"成功学"，因为任何事情都是人做的，人心是成功的关键。天下的事情虽然千变万化，但人的反应不外乎喜怒哀乐，从内心做起，练就一个好的心态，这是王阳明教给我们的智慧。王阳明的传奇经历，也为我们指出了心灵的无限可能，需要我们从外向内，关注自己的内心世界。

第二章 致良知

　　"致良知"是王阳明心学中的第二个核心观点，王阳明对弟子说"良知之学是我从百死千难中得来"，"良知是造化的精灵"，"良知是千古圣贤相传的一点儿真骨血"。这些话可不是大话、空话、假话，是王阳明经历了皇帝身边的红人张忠、许泰的各种陷害之后，在静坐、窥视内心的过程中捕捉到的。王阳明认为，"良知是我们与生俱来的能知是非善恶的一个东西，人人皆有"。有的弟子当场就问："恶人也有良知吗？"王阳明斩钉截铁地回答"当然！""致良知"比《三字经》中的"人之初，性本善"要深刻许多，"致良知"更像是为一面镜子拂去灰尘。这也是王阳明在实践当中得到的宝贵经验。我们姑且把"致良知"理解为"人生观"。说到这儿，我要讲两个小故事，其中两个与王阳明有关。

　　第一个故事是说王阳明在通天岩讲学期间，听说广福禅寺有一僧人坐禅闭关三年，终日闭目静坐，不发一语，不视一物，于是前往探访。王阳明以禅语说："这和尚终日口吧吧说什么，终日眼睁睁看什么？"僧人听了后，眼睛一下子睁开，起身行礼，对王阳明说："小僧不言不视已经三年了，施主刚才这话是什么意思？"王阳明说："你是哪里人，离家多少年了？"僧人回答："我是广东人，离家十多年了。"王阳明问："你家中亲族还有何人？"僧人回答："只有一个老母亲，不知道是死是活。"王阳明说："会不会想念老母亲？"僧人回答："不能不想念。"王阳明说："你既不能不想念，虽然终日不言，心中已经在说；虽然终日不视，心中已经在看。父母天性，岂能断灭？你不能不起念，便是真性发现。虽然终日呆坐、徒乱心曲。俗话说，爹娘便是灵山佛。不敬爹娘，敬什么人？信什么佛？"僧人听后大哭，即便是深更半夜，也一刻不愿停留，挑着行李回乡探母了。

第二个故事就更离奇了。王阳明在南康、赣州剿匪时，给土匪们写了一封信，这封信叫《告谕巢贼书》，文中循循善诱，有情有理，充分换位思考，讲自己是受了朝廷之命来剿匪，但不愿意杀伐；讲盗贼们是如何迫于无奈才落草为寇，对他们的遭遇表示理解，劝他们弃暗投明，重新做人。盗贼们看完信之后，号啕大哭，有的甚至哭得昏迷不醒。龙川的老大卢珂、郑志高哭到没力气，之后带领所有人马投降了王阳明。这封信成为中国历史上最强大的一封信，胜过千军万马。

周星驰的喜剧电影中，有这样一句台词：人是人他妈生的，妖是妖他妈生的。不管是人是妖，心中皆有善念。那么，关注内心，心存良知，应该如何去做呢？我们在下一章中进行解答。

第三章　知行合一

　　前面我们讲了"心即理"的世界观，"致良知"的人生观，现在讲一讲王阳明心学的方法论。我个人认为，"知行合一"就是王阳明心学的方法论。刚刚接触"知行合一"的时候，我把它理解成"理论和实践要统一，理论要联系实际"，也就是说我们光学习是不行的，还要重视实践的作用。可能好多朋友和我一样也是这么理解的，那么这种理解对不对呢？应该说，这种理解是望文生义，和王阳明想表达的思想是南辕北辙。

　　通过查阅各类公开资料，我们得知"知行合一"的"知"不是知识，而是"良知"。那么"知行合一"如果用老百姓最普通的话说，就是"要凭良心做事""不要干昧良心的事"。"良知"就好像是黑暗中的一盏明灯，当你在寒冷的冬夜里，孤单得站在十字路口，不知如何选择时，只要静下心来，窥视自己的内心，就能看到"良知"所散发出的光明和温暖，请紧紧跟着它，按照它的要求去行事，心无旁骛，这就是真修行。

王阳明认为"知"和"行"是一回事，二者互为表里，不可分离。知必然要表现为行，不行不能算真知。他是这么说的："知是行的主意，行是知的工夫；知是行之始，行是知之成。"看到这儿我恍然大悟，为什么王阳明出生后，直到5岁还不会说话，因为开口就想说一句有哲理的话，还真挺花功夫。

按照"知行合一"的方法不断修行，就能达到"内圣外王"的人生目标。"内圣外王"是儒家门徒几千年的理想，而最早提出"内圣外王"的却是道家的庄子。从封建社会的历史实践来看，"内圣外王"是割裂的。王阳明用自己的心学，给了"内圣外王"一个全新的解释，他认为只要遵循良知的指引，建功立业就会水到渠成，无论人生贵贱，都能成为行业翘楚。不知大家是否看过周星驰的电影《武状元苏乞儿》，一个干啥啥不成，只能讨饭的苏乞儿，凭着那颗大爱无疆的心，一不小心变成了万人敬仰的丐帮帮主，一个要饭的叫花子和皇帝勾肩搭背，称兄道弟，平起平坐。当然，这毕竟是个喜剧。对于今天的我们来说，"内圣外王"还意味着，保持"良知"这片"初心"，就保证了我们思想和人格的独立，从而在职场上真正做到不唯上，不徇私，实事求是。那么为什么"实事求是"说起来容易，做起来这么难呢？王阳明对这一现象的解释是，是私心和物欲遮蔽了良知。说到这儿，我们还要讲一个励志的故事。

王阳明心学在经济管理领域，被日本人稻盛和夫用令人羡慕的成绩进行了验证。稻盛和夫不是个聪明的人，用现在的话说是个典型的学渣，初中、高中、大学考试总是不及格。由于成绩太差，到陶瓷厂当了工人。1959 年 27 岁的稻盛和夫成立了"京都陶瓷"公司，37 岁，公司上市，进入世界 500 强。1984年设立电信公司 DDI，没几年，公司又进入世界 500 强。有人问他成功的秘诀，稻盛和夫说："你做什么是正确的，你的良知一目了然，如果用私心来判断，就不能得出正确的答案，哪怕是成功也是一时的。办企业不仅要考虑自己的利益，还要考虑员工、客户和社会的利益，只有这样员工才会认同你。"他本人多次宣称，他人生中最大的偶像就是中国明代的王阳明，他是王阳明的忠实信徒，他的人生智慧来源于中国。

第四章　四句教

"四句教"是阳明心学的精髓，同时也是迅速了解阳明心学的捷径，包含了阳明心学的"天机"。这四句话的内容是：

> 无善无恶心之体，有善有恶意之动，知善知恶是良知，为善去恶是格物。

王阳明的两个弟子钱德洪、王汝中曾对"四句教"展开了激烈的辩论，认为这四句话中有错话和废话，二人争执不下，找到王阳明请教，王阳明在住所附近的天泉桥上进行了答疑，这次讲学被称为"天泉证道"。王阳明对学生千叮咛万嘱咐，告诉大家心学的宗旨就是这四句话，千万不可抛弃。之后，王阳明就赶往广西剿匪平叛。两年后，王阳明在返程途中病逝，四句教也成了王阳明晚年留下的千古绝唱。

四句教是什么意思呢？其实不难理解。王阳明认为良知是心之本体，无善无恶就是没有私心物欲遮蔽的心，是不分善恶的，故无善无恶；当人们产生意念活动的时候，把这种意念加在事物上，这种意念就有了好恶，符合天理的就是善，不符合天理的就是恶；良知具备察觉是非善恶的能力；一切学问归结到一点，就是要为善去恶，要以良知为标准，按照自己的良知去行动。

阳明心学所内含的自由平等的思想，受到了封建统治阶级的压制，明帝国灭亡后，清朝统治中国，王阳明心学被彻底扫荡和镇压，但阳明心学的思想火种始终没有熄灭，最终改变了中国。1840年，中英爆发了第一次鸦片战争，一位阳明心学的实践者，成为中国睁眼看世界的第一人，这个人叫林则徐，林则徐坚决销毁鸦片，是不折不扣的王阳明门徒。清晚期的曾国藩和左宗棠也是王阳明心学的推崇者。尤其是平定太平天国、收复新疆的左宗棠，对王阳明的崇敬到了痴醉的程度。1898年，阳明心学的衣钵传承者推动了清朝皇帝进行戊戌变法（又称百日维新），这群人当中的一号和二号人物分别是康有为和梁启超。变法失败后，阳明心学的另外一批斗士登上了历史舞台，他们是孙中山、宋教仁、章炳麟。孙中山提出了"知难行易"，号召进行革命。宋教仁31岁死于谋杀，整理遗物时，发现他留下的王阳明心学笔记。章炳麟则七次被追捕，三次入牢狱，后因病去世。

阳明心学不仅影响了中国，还让日本脱胎换骨，其核心思想成为日本明治维新的基石，并培养了一大批推动国家改革的中坚力量。阳明心学是怎么到日本的呢？根据学者考证，是王阳明的一个朋友，叫了庵桂梧的日本和尚带到日本的。1513 年，这个日本和尚回国，王阳明还为他写文章送行。而推动王阳明思想在日本发扬光大的，是一个叫中江滕树的人，他培养了众多弟子，其中包括大盐平八郎、吉田松阴、高杉晋作、坂本龙马、大久保利通等，这些人成为日本明治维新时期的豪杰。其中，高杉晋作被称为"日本陆军之父"，他带领军队结束了日本幕府的统治。坂本龙马被称为"日本海军之父"，敲开了日本"明治维新"的大门。大久保利通是日本明治维新时第一政治家。

在阳明心学中，日本人挖掘出了尊重个人、强调个性、不惧外物、不畏权势的精华思想。说到这儿，多说两句，直到今天，日本对中国的传统文化仍然非常重视，到中国留学或旅游的日本人，会各自分工，每人精学一门，然后将技艺带回日本，如古琴、茶艺等。好东西丢了，咱得捡回来。中国传统节日不断被人抢，古代名人也被人抢，有人感慨，中国传统文化都快变成外国传统文化了！所以弘扬优秀传统文化是我们每个中国人义不容辞的责任。

第五章　攻心术

　　阳明心学不仅在思想和政治领域表现出了勃勃的生机，在军事领域也展现出了摧枯拉朽般的强大力量。那真是"拳打南山猛虎，脚踢北海苍龙"，无往而不胜。我们知道王阳明在青年时期，曾和一名叫许璋的居士学习兵法。此外，他还把市面上能买到的兵法古籍、军事著作全部买回家逐一精读，如《孙子》《司马法》《六韬》《吴子》《三略》《唐李问对》《武经七书》等，光看还不够，还时常批注。23岁那年，王阳明到北京参加会试，他无赶考之心，逢人便谈用兵之道，还用果核排兵布阵，有人问他怎样才能克敌制胜？王阳明自信地回答："攻心！真真假假，虚虚实实，扰乱敌心，便可破敌。"这恐怕就是王阳明的用兵诀窍。

　　在王阳明的军事生涯中，除了各类剿匪记录外，最辉煌的战绩，就是以弱胜强，用两万多的地方杂牌军对阵南昌宁王朱宸濠的七万精锐，结果35天平息叛乱。从双方在南昌交手，到鄱阳湖上活捉宁王，只用了一周的时间。那么，是什么样的力量，使得王阳明如有神助，取得了这么传奇的胜利呢？我们简要分析一下这个经典战例。

1519年，宁王朱宸濠起兵谋反，号称拥兵十八万。而此时，王阳明正按照皇帝的旨意前往福建平定兵变，身边无一兵一卒，是个光杆司令。当听到朱宸濠起兵谋反的消息，他决定留下来。为了争取时间，他用了攻心的第一计，那就是伪造各类公文和书信，说北京已派出大军南下，各路军队正在集结，约定近期就要合围南昌城，还伪造了宁王身边两位谋士李士实和刘养正的投诚信，并故意把这些证据送到了宁王手上，结果宁王龟缩在南昌城里不敢出来，整整拖延了半个月，为王阳明进一步招兵买马、集合军队争取了宝贵时间。

七月初二，宁王知道被骗，率领主力部队开出南昌，进攻南京。宁王的军队一路沿江北上，势如破竹，推进到安庆。为了打破敌人攻占南京、在南京登基称帝的阴谋，王阳明采用了攻心的第二计"围魏救赵"。凌晨，他亲率两万多地方杂牌军攻打南昌，共兵分十三路，攻打南昌七个城门。南昌守军有一万精兵，结果在之前强大的宣传战之下，铜墙铁壁架不住人心惶惶，守军不战而逃，攻城部队兵不血刃地占领了南昌。

宁王顾忌家眷，一边骂娘，一边杀了回来。王阳明在南昌城外三十里的黄家渡设伏，伏击了宁王舰队。此外，还派出两支部队绕过宁王主力，直奔南康和九江。在这里，王阳明使出了攻心的第三计,在南康和九江城外散布宁王在南昌被擒的消息。南康、九江守军人心浮动,当遇到王阳明的军队攻击时,两万精锐部队弃械投降。

最终,王阳明和宁王在鄱阳湖展开决战,宁王用铁索连舟,顺风而下,进行攻击。王阳明采用了火攻,并使出了攻心的第四计,在自己的指挥船上升起一面大旗,上写"宁王已擒,我军毋得纵杀",宁王军队瞬间崩溃,被王阳明的水军大败。当宁王乘小船化装逃跑时,被王阳明预先埋伏的水军活捉。

由此可见,阳明心学不是培养书呆子,或者是毫无原则的"老好人",王阳明用行动告诉我们,对待同志要像春天般的温暖,对待敌人要像严冬一样残酷无情。从阳明心学在军事领域的实践来看,还有不少经典案例。例如,那位"一生俯首拜阳明"的日本"军神"东乡平八郎也用过疑兵之计,诱敌深入,以弱胜强,打赢了具有绝对优势的俄国海军。

由此可见,"攻心"二字被王阳明应用得炉火纯青,也成就了他战无不胜的"军神"地位。

第六章　养生术

王阳明生于 1472 年，卒于 1529 年，终年 57 岁，仅从寿命来说，不算长寿。王阳明一生非常操劳，从小体质较弱，青年时还患有严重的肺病，由于那时还没有发明青霉素，患了肺病就等于得了绝症，他听从私塾老师许璋的建议，常年服用砒霜来治疗疾病。现在我们知道砒霜治不了肺病，长期服用还会产生中毒反应。那么为什么会出现这样荒唐的事情呢？主要原因是那时的医学还不够发达，面对健康问题，很多时候无能为力。不要说王阳明了，明朝第十四位皇帝朱常洛就曾服用了鸿胪寺丞李可灼进贡的"红丸"，38 岁就驾鹤西去了。所以王阳明把砒霜当"芝麻糊"吃，也不算什么新鲜事。

王阳明早年喜爱道教养生，27 岁大婚时，竟然把洞房花烛夜抛到了脑后，跑到道观和一个名叫"无为道者"的白胡子老道聊了一宿。31 岁时，他还在家中造了一个"阳明洞"，练习道家导引术。37 岁"龙场悟道"后，他觉得自己修行多年，两鬓斑白，牙齿松动，离修仙之路越来越远，对修仙产生了怀疑。但经过实践的检验，他发现静坐对身体确有好处。在静坐的过程中如能真正做到"全耳目，一心志""遗弃声名，清心寡欲"，对身体很有帮助。王阳明晚年写了一首诗，叫《长生》，诗中最后一句写到：

> 乾坤由我在，安用他求为？
> 千圣皆过影，良知乃吾师。

那么如何静坐才有用呢？有的人天天坐，但肚子是越坐越大，王阳明的静坐有什么不同之处吗？首先，要有个好环境，不受外界干扰。其次，选择一个合适的坐姿，双手平放在膝上，含胸拔背，全身放松。最后，调整呼吸，纯用鼻呼吸，最后让呼吸平稳。做好这三件事，仅仅是做好了准备工作。下面还有两个非常重要的步骤，第一步叫"息思虑"，也就是让自己的心进入一种空寂的境界；第二步叫"省察克治"，就是先省察心中还有哪些私欲，然后用心中的正念请"良知"来做裁判，通过辨别心中的是非善恶，最终用毅力克制心中的私欲。时间一久，心胸廓然大公，浩然之气贯注其中，据说实践者往往有一种妙不可言的感受。从这个角度来看，王阳明把静坐变成了一门功夫。

王阳明有个弟子叫陆澄，他在静坐的实践当中遇到问题，产生了一些困惑。他问：老师，我静坐的时候，觉得自己非常强大，甚至觉得自己没什么事情解决不了。可是一遇到事情，就不行了，内心非常烦躁。王阳明做了针对性的回答，他说："光静坐是不行的，人必须在具体的事情中磨炼，在纷繁复杂的具体事务中锻造自己的心理素质，真正做到泰山崩于前而色不变"。"事上练"已经成为阳明心学的顶级方法论。

宋代以前主要是佛教、道教提倡静坐，宋代以来大多数儒者也提倡静坐，所以静坐成了佛、道、儒三教的入门功夫。那么王阳明心学当中的静坐隐藏着什么样的秘密呢？我个人认为，主要包括以下两个方面：

一是情绪的管理和控制。北欧顶尖学府，芬兰阿尔托大学的研究人员对来自芬兰、瑞典和中国台湾地区的 700 名志愿者进行了"情绪对生理变化所产生影响的实验"，他们将人体在不同情绪下各个部位的温度用热成像图展示出来，结果不同的情绪下会出现不同的体温。例如，感到幸福，则全身洋溢着代表温暖的红黄色；感到悲伤，四肢温度显示为代表寒冷的蓝色；感到爱，除了双腿，其他部位温度都明显升高；感到沮丧，四肢温度格外低，咽喉部温度也偏低，往往感到呼吸困难；感到焦虑，则胸腔温度特别高。那么，在生气的时候人体会产生什么样的生理反应呢？据专家说，会加快脑细胞衰老，弱化大脑功能。心跳加快，心脏收缩力增强，血压升高，血液变黏稠，血液和肝细胞内的游离脂肪酸增加，对肝脏造成损伤，引起胃溃疡，损害肺的健康，身体的抵抗力下降。由此可见，平稳的情绪，乐观的心态，对健康有多么重要。通过良知的指引，辨明了是非善恶，找到了解决问题的办法，就能真正做到"欲修身，先养心"。

二是呼吸的管理和控制。说到呼吸，你可能会感到奇怪，谁不会呼吸呢？还别说，大多数人还真不会呼吸。我的一位好同事、好朋友去中国台湾旅行的时候，给我带回一本书。这是一本奇书，是一位叫村木弘昌的日本医学博士写的，书名叫《正宗丹田呼吸法》，全书分为三个部分：第一部分讲呼吸和人生，第二部分讲丹田呼吸与治病，第三部分讲丹田呼吸的各种方法。作者为了研究呼吸，设计研发了各种仪器和设备，如腹压的测试仪等；收集了大量患者治愈的病例；还把各种不同呼吸方法所产生的效果进行了研究和比对。那么这么神奇的呼吸究竟是什么样的呢？其实，我们的老祖宗早就利用在养生的方法当中了，几乎每个中国人都知道武术当中调养呼吸的一个术语，那就是"气沉丹田"，"丹田"在《黄帝内经》中也处于一个非常重要的位置。那么如何做到"气沉丹田"呢？那就是腹式呼吸。通过腹式呼吸，使得丹田成为人体的泵站，促进了体液的循环，营养了全身，增强了人体的免疫能力和抵抗力。这就是丹田呼吸的终极秘密。在中国传统武术太极拳以及导引术中，都用到了腹式呼吸。

文学大师郭沫若幼年时曾患过一场重病，青年时期东渡日本留学又患了伤寒，导致身体一直比较弱，晚年又两耳失聪，然而郭老却享有87岁的高寿，奥秘在哪里呢？要想追根溯源，要追溯到20世纪20年代初期。1914年6月，郭沫若考上了日本东京第一高等学校。学习期间，他患上了严重的神经衰弱，心悸、乏力，经常做噩梦，一夜只能睡两三个小时，学习时记忆力很差，情绪上悲观消沉，几乎难以坚持。1915年9月中旬，郭沫若在东京一家旧书店里偶然买到一部《王文成功全集》，当读到王阳明以静坐养病健身的情节时，他决定也尝试一下。于是每天清晨起床和晚上临睡时他都要静坐30分钟，并且每天读《王文成公全集》10页。不到半个月，郭沫若的睡眠大大好转，胃口也恢复了。之后他数十年如一日，坚持静坐健身法，达到了延年益寿的效果。

应该说，静坐是东方人独特的一种修身养性的传统方法，中国历史上，好多名人都有静坐的爱好，如李白、白居易、苏东坡、陆游等。通过静坐，可感悟人生，认识自我，医治心灵的创伤，促进注意力集中，有效缓解和治疗一些慢性病，增强人的免疫力。说到这儿，是否有"传销"的嫌疑呢？其实，中华民族是一个伟大的民族，有着灿烂的历史和悠久的文化。优秀的传统文化和好的思想用怎样的方式来弘扬都不为过，以此句共勉。

结　语

编写这本书，对我来说是一种全新的尝试，因为理解粗浅，水平有限，难免有所疏漏，贻笑大方。为什么要写这本书呢？缘于我在"喜马拉雅FM"平台上，尝试着开了讲座，受到了大家欢迎，听众不断增加，达到数万，让我感受到了传播传统文化的价值和意义，所以我坚持下来了。

有朋友问："为什么不写得长一些？""为什么只讲这三部经典，为什么不多讲几部？"主要原因包括两个方面：一方面是我自己储备不够，能力不足，能把这三部经典讲清楚就已经用了"洪荒之力"了；另一方面，从内心的真情实感出发，我个人的感悟是，读《道德经》见天地，读《论语》见众生，读《阳明心学》见自己。

在此，我无法用语言表达心中的感谢，谢谢各位曾经给我指点、帮助和关心的亲人、同事和朋友，祝大家学有所获，心想事成。